ベリーズ文庫

身代わり政略結婚
～次期頭取は激しい独占欲を滲ませる～

宇佐木

STARTS
スターツ出版株式会社

目次

身代わり政略結婚
～次期頭取は激しい独占欲を滲ませる～

お見合いの真似事

とある休日の午後。それは、まさに青天の霹靂《へきれき》だった。

「私にお見合いしろって……本気で言ってるの？」

動揺と怒りで声が震えた。

「ほら！　梓《あずさ》から交際の報告されたことなんか一度もないし、そういう素振りだって思い当たらないって母さんも言ってたし」

私の剣幕に怖気づいた父は、必死に作り笑いを浮かべてそれらしい理由を並べ立てる。だけど、私はまったく受け入れなかった。

いくら私にずっと恋人がいないからって、重大な話を急に決めてくるのは反則だ。

私が睨み続けていると、父はすぐさま頭を下げた。

「すまん！　でもいつかは結婚するなら、素性の知れた相手だと親としても安心……」

「私がなにも知らないと思ってる？　そんなわけないでしょ」

父の言葉を遮って、握った拳をドン、とダイニングテーブルの上に打ちつけた。その拍子にダイニングテーブルが動き、マグカップに入っていたコーヒーが揺れる。

父がそろりと顔を上げたのを見て、さらに捲《まく》し立てる。

「ただのお見合いならまだしも、私は身代わりでしょ⁉ どんな気持ちで行けっていうのよ！」

二十畳ほどあるＬＤＫに私の声が響き渡り、父はこちらを見たまま固まった。

だけど、大声になるのも仕方がないじゃない。今回の話は、単純に娘の婚期を心配して上がったものではない。もともと予定されていた人間を知っているんだから。

それは伯父のひとり娘──私の年下の従妹《いとこ》。

しかし肝心の従妹の友恵《ともえ》ちゃんが、注文していた着物を受け取りに三日前に家を出たきり姿を消した。部屋に残された書き置きから、自らの意思で家出したとわかるため警察に捜索もしてもらえないらしい、と母から聞いていた。

それゆえ、その穴埋め役が同じ姓を持つ私に回ってきたのだ。

「兄さんは立場もあってな。どうにか角が立たぬようにしたい気持ちはわかるから……。なにせ今、うちと共同開発をしている相手だから波風は立てたくないし」

父はしどろもどろになりながら、背中を丸めてぼそぼそと答える。

伯父は大手出版社『時雨《しぐれ》グループホールディングス』代表取締役社長だ。いくつも子会社があり、そのうちのひとつ、『株式会社ＳＨＩＧＵＲＥイノベーション』は父が任されている。

　私はというと、主に出版社のパートナー企業のプラットフォーム開発など、デジタル事業を運営する『ジョインコネクト』という子会社に勤めている。

　そして、お見合い相手というのは日本国内で最大手と言われる『いづみフィナンシャルグループ』の会長、鷹藤《たかふじ》氏のご令孫で次期頭取と言われている人。

　ちなみに、いづみフィナンシャルグループと父の会社は電子契約システムの共同開発をしているらしい。

「向こうから反故《ほご》にされれば仕方がないとあきらめられたが、こちら側から断るのは避けたいと兄さんが……」

「だけど普通そこまでして決行しようとする？　相手の鷹藤家だって、こんな話聞けば呆れて白紙に戻すでしょ」

「いや……それが、詳しくはよくわからないんだが、兄さんいわく快諾されたとかで」

「はあ!?　嘘でしょ!?　もう相手側に承諾取ったの!?　だったら私に拒否権ないのと一緒じゃない！」

　窮地に立たされているのを実感し、父が必死な理由を理解した。とはいえ、お見合いはともかく、結婚は無理でしょう！

先に予定していた友恵ちゃんがこんなことになって、鷹藤側としては顔に泥を塗られた格好だ。その上、今度は私が断ったりなんかしたら……。時雨側が二度もお見合いを放棄したとして、それこそ本当に大きな影響を及ぼしかねない。

父はそわそわと目を泳がせて呟いた。

「この件は数年前から、兄さんと鷹藤会長が交わしていた約束らしくてな。鷹藤会長のお孫さんが本店に戻る時に、と。約束した相手が会長だし、いづみとの共同開発が今になってなくなったら大損害なのは必至なんだよ……」

「いや……わからなくはないけど」

「頼む。時雨の顔を立てると思って」

父が伯父にそうそう逆らえないのはわかっている。伯父は時雨の経営指揮を執る立場にいるせいか、少々強引な印象だから。おそらく、友恵ちゃんも伯父が怖くて断るに断れず、直前になってどうにもできずに家を出ていっちゃったのかも……。

父の哀願の眼差しを受け、深く息を吐いた。

「はあ～。もう。わかったよ……。でも結婚はしないからね！　形だけお見合いすれば、それでいいんでしょ？」

私も時雨グループの社員だし、会社に多大な影響が出るかもと聞いてしまったら、ある程度は譲歩して受け入れざるを得ない。

するると、父はぱあっと明るい表情になって、私の手を握る。

「ありがとう、梓……！」

「貸しだからね！　それも大きめの！」

恩着せがましく強めに言ったら、父は「うん、うん」と何度も首を縦に振った。そして、ようやく手を離した後、安堵しきった顔でこぼす。

「いづみ銀行の次期頭取になるお相手だ。相性がよかったら、そのまま話を進めても親としては申し分ない」

その時、私はあえて音を立てて席を立った。父へ鋭い視線を渡し、低い声で返す。

「あわよくば……なんて考えないでよね」

しゅんと小さくなって「はい」と返す父を置いて、リビングを出る。

次期頭取かあ……。伯父も、結婚相手が取引先である鷹藤なら、大事な娘を目が届く範囲に置けて安心できると思ったのかもしれない。

考え事をしながら階段に足をかけた直後、玄関のドアが開く音がした。振り返ると母の姿があって、私はすぐさま詰め寄る。

「お母さん！　どこ行ってたの⁉　もう大変だったんだから！」

「あら。その剣幕だとお父さん、とうとう話したみたいねえ」

母はまったく動じずに、普段通り穏やかな口調でそう言った。

「なにを悠長な……。どうしてお父さんを止めてくれなかったの？　そもそも友恵ちゃんの予定だったはずでしょ？　その代わりが私って……タイプ違いすぎるし！」

従妹の友恵ちゃんは、ふたつ年下の二十四歳。

昔から、雰囲気が違うのに気が合う私たちを周りは意外そうに見ていた。しかし、当の私たちは無理などしておらず、自然と仲良くできていたのだ。

お互い社会に出てからは、頻繁に会うことはなくなってしまったけれど。

彼女は伯父がかわいがるあまり、やや過保護気味に育てられ、箱入り娘という言葉がぴったりな女の子。小柄で目が合えばニコッと微笑んで、控えめでかわいくて優しい性格だ。友恵ちゃんと比べれば、私は背も高いし顔立ちも普通。雰囲気だって、おしとやかからはほど遠く、活発な方。お世辞にも友恵ちゃんの代わりが務まるだなんて、誰も言わないと思う。

「まあねえ。でも友恵ちゃんは、ほら……今も音信不通らしいから」

母は右手を頬に添えて、悩ましげな息を漏らした。

そう。そんな彼女がひとりで黙って家を出たとなれば大事件。

友恵ちゃん直筆の置き手紙には【捜さないでください。私は自分で道を選びます】と、ありがちな文句が綴られていたと聞いた。

事情を聞いて驚愕した私は、久しぶりに友恵ちゃんへ連絡を試みた。しかし、電話は繋がらない上メッセージも既読にならず、今に至る。

「それは知ってる。ただ代役が私って……。そもそも代役って」

代役立ててまでする必要ある？　第一、なんで相手方は私でもいいって言ってるんだろう。ああ、大人の事情が絡んでいるからなのかな……。

「お父さんはお義兄《にい》さんに弱いから。まあ、お見合いもいい経験じゃない」

「ちょっ……お母さん、随分軽くない？　娘の一大事だと思うけど！　まさかお母さんも擁立してるんじゃ」

「あら。別にそういうわけじゃないわよ。梓、お相手の釣書見てないの？　すごい男前よー？　肩書きも素晴らしいし、噂だと人当たりもいいそうよ。最高じゃない」

釣書……？　よくあるお見合い写真とかそういうやつ？　ってそれよりも！

「やっぱり！　お母さんがそうやって軽く考えてるから、お父さんもその気になってこんなことに」

「まあまあ。人生、何事も経験よ。いいじゃない。今の時代ならお見合いっていっても、昔ほど重い話でもないでしょ？」

「重いかどうかなんて知らないよ。私、未経験者だもん」

「そう言われればそうねえ」

マイペースな母と話していたら疲れる。これ以上は埒が明かないと判断した私は、重い足取りで二階の自室に戻った。ベッドに腰をかけ、そのまま後ろに倒れ込む。

私も一応〝社長令嬢〟ではあるものの、学生時代はまったく影響なく過ごせていた。さすがに時雨グループに就職した直後は、名字からすぐに関係者だってバレたけど、今では周囲の人たちから普通に接してもらっている。そんな平凡寄りの私に、お見合い話が来るなんて……。

のそのそとスマホに手を伸ばし、友恵ちゃんへ最後に送ったメッセージを見た。が、やっぱり既読にはなっていなかった。

静かな室内に、ため息が小さく響く。

最後に会ったのはいつかな。多分お正月だったかも。

それにしても、引っ込み思案で恥ずかしがりやで、自分の意見も言えないほどおとなしい友恵ちゃんが……。もしかして、この数カ月でなにかあったのかな。

彼女へは心配する気持ちの方が大きくて、代役を頼まれた恨み言など一切なかった。

身体を横に向け、ぼんやりと壁を見つめる。

いづみ銀行の次期頭取、か。その人も、友恵ちゃんとは見た目も中身も全然違う私が行ったら、さぞびっくりするだろうな……。気の毒……。

そこまで考え、ガバッと上半身を起こした。

きっと向こうはとっくに友恵ちゃんのプロフィールを知っていて、私は彼女と比べられる。そうしたら、あまりに差がある私を即刻拒否する可能性もあるよね？　相手が拒絶したら、それで話は終わりじゃない！　もしかして、悩む必要ないかも！

ひとりで都合よく解釈し、気持ちを切り替える。そうして、お見合いの件は深く考えないことにした。


それから約一週間が経ち、涼しくなってきた九月下旬。ついにその日はやってきた。

私は両親とともに、格式高い有名老舗ホテルに赴いていた。

メディアでよく取り上げられていたホテルのため、一度も訪れたことがない私でも知識はあった。

素敵な和モダンの造りで広大な庭園があり、おもてなしや料理などは超一流で各界の著名人が利用しているらしい。父なんかは時折こういった場所に来る機会はあるのだろうが、まだ二十代そこそこの私にはまるで他人事。そのはずが、こうしてＶＩＰ御用達のホテルに足を踏み入れているのだから、人生ってものはわからない。

なにげなく綺麗に磨かれたガラスに映る自分を見た。

生成色《きなりいろ》の生地に、淡紅色《たんこうしょく》や蜜柑色《みかんいろ》の花輪が描かれた訪問着。着慣れない和装はやっぱり窮屈に思えた。

最後に着物を着たのは大学の卒業式だったはず。まさか、その後着る機会がお見合いだとは考えもしなかった。

「うーん。やっぱり梓のイメージにあまり合わない色の着物じゃない？」

背後から母の声がして振り返ると、母は私の姿をまじまじと見ていた。

似合わないのも当然。実はこの着物は、友恵ちゃんが着るはずだったのだから。

本当は伯父から、新しく着物を買うという申し出があった。今回の一件について、多少なりとも私に申し訳ないと思ったらしい。しかし、私はそれを全力で断った。

なぜなら、伯父の厚意を受けてしまえば、お見合いを成功させなきゃならないプレッシャーがすごそうだったから。残念ながら、伯父の期待には応えられないのだ。

「私には上品すぎるのは否定しないけど、わざわざ買うのもどうかと思ったの。伯父さんもこの日のための着物だからって譲ってくれたんだし。もういいでしょ」

母に素っ気なく答えて、スタスタと案内された控室の方向へ足を進めた。

どうせ数時間で終わる会。好みの色や柄じゃなくったって一向に構わない。むしろ、似合っていない訪問着で第一印象を微妙なものにするっていうのも悪くない。

後ろで母が「でも～」と口を尖らせている。母は一貫して今回のお見合いに前向き。楽観的なところは一周回って羨ましく思える。

内心でため息をついて、控室に入った。すでに伯父が待機していて、私の顔を見るなり口を開く。

「梓、顔を合わせるのは久しぶりだな。今日はよろしく頼むよ」

「こんにちは。ご無沙汰してます」

私は『よろしく頼むよ』の部分をさりげなく挨拶で躱《かわ》した。伯父はそれ以上特になにも言わず、父となにやら話をし始めている。密かにホッと息を吐き、ふたりと距離を取って離れた椅子に腰をかけた。

室内には綺麗な生け花が飾られ、控室にするには勿体ないほど素敵な部屋だった。控室でこれほどの部屋なら、この後顔合わせをする場所はどれだけ素晴らしいのだろう。想像もできないし、やっぱり自分が場違いな気がしてならない。今時のお見合いなら、ちょっといいレストランあたりで済ますのかと思っていたら、こんな仰々しい場所なんて。それでなくても緊張するのに、ますますあがっちゃう。

伯父と話をしている父も、手をそわそわさせたりしていて落ち着かないみたい。唯一母だけが、部屋の造りや庭園の景色を楽しんでいる。

そこにノックの音が響いた。ドキッとして顔を上げたら、スタッフの姿があった。

「準備が整ったようだ。移動しよう」

伯父の言葉で私はすっと椅子から立ち、控室を出た。

頭の中は落ち着いていても、心臓はバクバク騒ぎっぱなし。歩いている感覚がなんだか変。草履だし、転ばないようにしなくちゃ。

スタッフの先導で廊下を十数メートル歩いていき、伯父や父に倣って立ち止まる。

スタッフが声をかけた後、綺麗な花の模様が描かれた襖を引いた。

伯父から順に靴を脱ぎ、室内へ入っていく。父の次に畳へ一歩踏み出した時、緊張は最高潮に達していた。

部屋の中央に長い座卓があり、一列に並んで座る四人が視界に入った途端、咄嗟に視線を落とした。

伯父がひと言相手側に声をかけ、私たちは向かい側に座った。伯父はすぐに鷹藤会長らしき老人と笑顔で会話をし始める。その間、私はあまり下を向きすぎても失礼かなと思い、そろりと顔を上げた。瞬間、上座の男性と思い切り目が合った。

知的な眉に通った鼻梁が印象的な、絵にかいたような美形の人。彼は切れ長の目をふっと細め、さわやかな笑みをこちらに向けた。

「私はいづみフィナンシャルグループ代表取締役会長、鷹藤一郎《いちろう》と申します。私の横にいるふたりが息子の一利《かずとし》とその嫁の和沙《かずさ》。そして一番奥にいるのが、先日海外から我がグループいづみ銀行本店に戻ってきた孫の成《なる》です」

鷹藤会長が紹介した順番にそれぞれ挨拶をした。最後に、先ほど視線がぶつかった彼がとても美しいお辞儀をする。

「初めまして。鷹藤成と申します。本日はよろしくお願いします」

反射的に頭を下げると、次に伯父が代表して時雨側の紹介を始める。父、母ときて、ついに私の名前が挙げられた。背筋を伸ばし、声を絞り出す。

「し、時雨梓と申します。どうぞよろしく……お願いいたします」

短い挨拶ののち、再び座卓に目線を据えた。

ちょっとしか見なかったけど鷹藤会長は厳格そうだし、成さんのお父様も会長に似たオーラを感じる。お母様も凛とした女性のようで、気軽には話しかけにくい。

そして、鷹藤成――。彼の魅力は整った容姿だけでなく、聡明な話し方、堂々として芯が通った雰囲気だろう。圧倒的高スペックな男性に違いない。

談笑が続く間も緊張は緩むこともなく、なにか話を振られればひと言ふた言で返し、引きつった笑顔を浮かべる。

こんなの、一対一じゃとても間が持たなかった。両親がいてくれて本当によかった。特にこういう場では母はとても頼りになる。肩肘張らず、いつも通りの雰囲気で会話してくれるから。

お茶と茶菓子にも手を付けられず、口角を上げて頷いていただけで三十分経過したかという時だ。

「どうだろう。あとはふたりの時間にしてあげるというのは」

鷹藤会長ににこやかに提案され、内心うろたえる。

さっき、ふたりきりじゃなくてよかったって安堵したのに。だけど、『あとは若い者同士で……』ってベタな流れだし、そうなるか……。ああ、困る。

ひとり冷や汗をかいていたら、母が「そうですね」と簡単に受け入れる。思わず母を睨んだものの、母はまったく気にせずにっこり顔を向けてくる。

「ちょうど今日はお天気もいいし、せっかく立派な庭園もあるんだし、ふたりで散歩でもしたらどう？　お母さんたちのことは気にせず、梓はゆっくりしてきて」

もう完全に楽しんでる！　っていうか本気で縁談をまとめにかかってる気さえする！　確かに男っ気なくて婚期逃しそうな娘だろうけど！

「では、少し歩きましょうか。梓さん」

するとは成さんがスマートに声をかけ、立ち上がる。

こうなったら拒否権はない。

「は、はい……」

私は痺れた足をどうにか動かし、成さんに続いて襖へ向かう。その間のみんなの生温かな視線がものすごく恥ずかしかった。

襖を閉めて草履に足を通そうとした際、一気に足の痺れがきてよろめいた。洋服だったらバランスも取れたかもしれないが、今は着物。もう転ぶと思って衝撃に備えた直後、たくましい腕に身体を支えられた。

「すっ、すみません……！　足が痺れてしまって……」

意図せず密着した身体を慌てて離し、謝った。しかし、意思とは裏腹に足の痺れはまだ引かない。

「大丈夫ですか？　正座って大人になってもつらいですよね」

彼はそう言ってふわりと微笑み、手を差し出した。

失態を晒して恥ずかしいのと、紳士な振る舞いにドキリとしたのとで顔が熱い。

「あ……ありがとうございます」

「いいえ」

この場合、厚意を受け入れないと逆に失礼だったから。ただそれだけ。

私は自分にそう言い訳して、彼の手を取って草履を履いた。が、履き終えて廊下を歩き始めてもなお、手は繋がれたまま。これはいったい……？と混乱して、斜め後ろから彼を見上げ、問いかける。

「あの……手、手は……その、いつまで……」

たかが手を繋ぐだけでも、この余裕のなさ。いかに長らく恋愛していないかを思い知らされる。対する成さんはひとつも慌てず足を止め、手を離して言った。

「ああ。もう平気ですか？」

もしかして、まだ足が痺れて歩くのが大変と思って？　それなのに、私ったらひとりで意識して……。

「ごめんなさい！　もう大丈夫です」

「そう。よかった」

優しく微笑まれてどぎまぎしつつ、彼の後を黙ってついていった。

着慣れない着物も草履もしんどいし、なによりついさっきのことも気まずさが残っている。そんな中、改めて百八十センチ近くある長身の彼のスタイルのよさに感嘆し、こっそり息を漏らした。

頭は小さくて顔立ちは綺麗に整っていて……モデルのような体型で。さらに仕事もできて将来を期待されている人。やっぱりどこかオーラが普通とは違って見える。

ホテル内を歩き、庭園に出てもなお、容姿端麗な成さんに見とれていた。すると成さんが足を止めたので、慌てて俯いた。

「わ、すごいなあ。梓さん、見てください」

彼の声に誘われ、そろりと視線を上げる。目の前には竹で造られたアーチが数メートル続いていた。そこには紅紫色《こうししょく》の小ぶりの花が咲いている。

こんなに素晴らしい景観が広がっていたのに、さっきまで彼しか見えていなかったと気付き、恥ずかしさが込み上げる。

「これは萩《はぎ》だったかな」

成さんが花を見つめて言った。そこは萩の花のちょっとしたトンネルのようだ。

広大な庭園にもかかわらず、隅々まで手入れの行き届いた庭は、素人の私でも目を奪われるものだった。

「綺麗……」

ぼんやりと萩を眺めていたら、成さんが再び手を差し出してくれていた。

困惑すると、彼は笑った。

「この先は石畳ですし、よかったら。そのまま上を見て歩くと危ないでしょう?」

「上を? ……ああ!」

一瞬わからなかったけど、萩の花を鑑賞しながら歩くと危ないって意味だと気付く。

「い、いいんですか?」

「もちろんです」

なんとなく断るのも悪い気がして、またもや彼の厚意に甘えた。遠慮がちに手を重ね、一歩踏み出す。

これはただの善意で色恋はまったくない。だからドキドキする必要もない。

そうやって自分に言い聞かせ、落ち着きを取り戻してから萩の花を仰ぎ見た。

枝垂れて花を咲かせている萩は、なんだかこちらに寄り添ってきている気がしてとてもかわいらしい。成さんも歩調を緩めてくれたので、ゆっくり堪能できた。

短い萩のトンネルを抜けた直後、パチッと目が合う。なにか会話を……と思っても、瞬時には思いつかない。

あたふたと繋いでいる手を離すタイミングを探っていたら、質問を投げかけられる。

「梓さんはジョインコネクトに勤務されていると伺いました。お仕事はどうですか？」

『仕事はどう？』って、よくある会話だ。でもお見合いだし、これはもしかして仕事を辞めて家庭に入ってほしいというアピールだったりして。そうだとしたら、彼が求める答えとは逆の回答をするのがいいかも。

「はい。日々とても充実しています」

私は言葉の奥に反抗心を含ませて、にこやかに答えた。

さあ、どう出る？ 表情を曇らせる？ バッサリ私を否定する？ まずはこの繋いでいる手をさりげなく離されるとは思うけど。

「そうですか。ちなみに今はどういったお仕事を担当されているのですか？」

「え……？ あ、開発部の事務や補佐などを主に。人手が足りない時は電子書籍データのチェックも手伝っています」

私の予想は裏切られ、拍子抜けするくらいのさわやかな笑顔で返された。しどろもどろになって答えると、彼はなぜか楽しげに目を細める。

「へえ。忙しそうではありますが、確かにやりがいがありそうな感じですね」

あれ……？ 将来妻になる相手が仕事に前向きなのは嫌ではない感じ……？ 私が

仕事に夢中と聞いて、今回の縁談を考え直すんじゃないかと考えたのに。うーん。粗相のないように相手側から断られるのって、案外難しい……。

どうしよう、と内心焦りを滲ませていると、視線を感じて顔を上げた。

「今気付きましたが、梓さんの着物の花は萩なんじゃないでしょうか。すごい偶然ですね。本物の萩も美しいですが、梓さんもとても綺麗です」

優しい眼差しで甘い言葉を向けられ、一瞬思考が止まる。

こんな雰囲気の中まだ手を繋いだ状態とか……このままじゃ、円満にお見合いが終わって縁談が進んじゃうよ！

私は意を決して手を離し、真っ向から核心に触れた。

「あのっ……成さんは今回のお話……今日までの事情はご存じなんですよね？」

まだ質問が抽象的すぎたかもしれない。成さんはきょとんとしてこちらを見ている。

もしかして、私が代打で来てることすら知らない……？という考えが頭を掠める。

このお見合いは伯父が窓口になっていたわけだから、成さん側もお祖父《じい》様が独断で話を受けた可能性はある。

焦りを募らせていた矢先、彼が答えた。

「事情と言いますと、お相手が当初の友恵さんから梓さんに変更されたことですか？」

「そ、そうです！　本当に申し訳ありません。私なんかがここに来てしまって」

この人、すべて承知の上で来たんだ。だったら憤慨していたって不思議じゃない。申し訳ない思いですぐさま頭を下げたら、彼は不思議そうに聞いてきた。

「なぜ梓さんが謝るんですか？」

「え……。なぜって」

指摘されてみると、確かに私も被害者だ。謝られることはあっても、謝る義理はないのかもしれない。とはいえ、やはり時雨家側の人間として、きちっと謝罪すべきだよね。彼を振り回しているのは事実なのだから。

私は成さんとしっかり向き合い、口を開く。

「従妹の都合が悪くなった時点でこちらから丁重に説明をして破談にしていれば、こんなお見合いの真似事をせずに済んだじゃないですか。成さんもご多忙でしょう」

事情を知っているなら、絶対破談にしたいはず。彼はきっと、両家の今後のために一度だけと今回付き合ってくれたに違いない。

彼の立場だったらこちら側に怒ってもいいくらいなのに。私にまで丁寧に接してくれて……すごくいい人。

それにしても、本当大人って……特に立場のある人って、体裁とかいろいろ気にしすぎ。それで周りも振り回されるんだし、どうにかならないのかなあ？

父や伯父に憤りを感じていたら、正面からくすっと笑い声がした。

「いえ。私は破談前提でここへ来ていません」

「はい……？」

彼の発言を訝しく思って、つい険しい顔で呟いた。

「私が初めから結婚の意志を持っていなかったなら、今回の縁談は事前にお詫びしてお断りしていますよ」

「えっ……」

予想外の返しに目を剥いた。

確かに落ち着いて考えれば、こちらは友恵ちゃんの事情があり立場的に断れなかったが、彼はお見合いをしないことも選択できた。会社の取引云々は、友恵ちゃんの件で時雨が圧倒的に弱い立場だもの。

だったら……今日この場に出向いた理由って――。

必死に別の理由を考える。しかし、彼のまっすぐな目に捕まって思考を奪われる。

成さんは男性にもかかわらず、とても色っぽい微笑を浮かべ、私の左手を掬い上げた。彼の長い睫毛がおもむろに伏せられる時間が、コマ送りになったみたいに私の瞳に映し出される。刹那、彼の唇が手の甲に触れた。

いったいなにが起きているの？

硬直状態の私に、成さんはニコッと口角を上げてはっきりと告げる。

「私はぜひ、梓さんとの縁談を進めたいと思っています」

彼の発言に驚愕し、その後のことはあまり覚えていない。

夜は同じ部屋で

寝ぼけながら洗面所へ向かって顔を洗い、鏡の中の自分と向き合って考える。

昨日はなんだったのか。夢か幻か。はたまた全部私の勝手な妄想だったのか。

……いや、そんな妄想など一切していない。

ずっと、これは現実の出来事なのかと思って何度もスマホを確認した。そのたび、紛れもなく【鷹藤　成】と登録されているのを見ては、頭を抱えていた。

彼に『よければ連絡先を交換してほしいのですが』と頼まれて断れなかった光景は、やっぱり現実だったんだ。

成さんの名前をずっと見ていたら得体の知れない動悸がしてきたため、適当に操作して画面を変えた。すると、着信履歴の画面に切り替わった。

そういえば、昨日の着信……これ、誰なんだろう。

タクシーで家へ向かっている間に【非通知設定】の着信があった。車の揺れで着信に気付かず、電話に出られなかったのだ。

相手が誰なのかモヤモヤするものの、確かめようがない。

「梓～？　朝食用意できてるわよ～」

「いっ、今行く！」

リビングからの母の呼びかけでハッとし、スマホをスリープ状態に戻して急いで向かう。ダイニングテーブルに着くと、すでに食卓には朝食が用意されていた。

私は「いただきます」と言って手を合わせ、箸をつける。

「昨日は驚いたわあ。いい雰囲気だったし、てっきりディナーでもして帰ってくると思ったのに梓が先に家にいるんだもの」

成さんと連絡先を交換した後、彼が手配してくれたタクシーで帰宅した。

あまりにあっさり別れたせいで、彼の口から『縁談を前向きに進めたい』って聞いたのが嘘のよう。だから今でも実感がないままだった。

「初対面でそう何時間も一緒にいられないよ」

呆れ交じりに呟いてご飯を口に運んでいたら、いつもは後でゆっくり朝食をとるはずの母が向かいの席に腰を下ろした。

「その様子だと、成さんにインスピレーション感じなかったの？　礼儀正しいし素敵な人だったのに」

今にも盛大なため息をつかんとばかりに、瞳に失望の色を浮かべている。あからさまに肩を落とされると、なぜかこちらが悪い気になってしまう。

「いや……。まあ、いい人だったよね」

箸を止めてたどたどしく言えば、今度は口を尖らせて返される。

「そうよね。梓が好きになっても、お相手にその気がなければね」

「ナチュラルにひどいこと言うよね」

「だって、実際に会ったら写真以上にカッコよかったでしょ？　その上性格もよくて肩書きもいいなんて、引く手あまた。よりどりみどりよ」

親に真顔で指摘されても至極正論なため、思わず「確かに」と頷いた。

「だけど梓だって十分魅力はあるわよ。私の娘だもの」

「いいよ。無理にフォローしなくても。それより、その……やっぱり鷹藤はうちと縁談結んだらメリットって……あるのかな？」

あれから成さんの動機を考えてみても、ピンと来なかった。

母は目を丸くした後、頬に手を添え首を傾げながら答える。

「そうねえ。あちらの事情は詳しくはわからないけど。共同開発の件も競合他社じゃなくうちを選んでくれたんだから、なにかしらのメリットがあってうちと懇意にしたいんじゃないかしら」

「やっぱりそうだよね……」

「そんなの、梓は気にしないでいいのよ。梓は焦らず、梓の魅力をわかってくれる人を見つけなさい。出会いはこれからたくさんあるんだから」

魅力……そういうのってなかなか自分ではわからない部分だ。

まさか、彼は私のなにかに惹かれてあんなことを言ってたりして……。ううん、それはない。だって小一時間程度の顔合わせでなにがわかるって言うの？

彼が縁談に前向きな理由には、特別な感情は含まれていない。


私が勤務するジョインコネクトは電子コンテンツの制作や配信、販売を手がける会社だ。私は入社以来、ずっとアプリケーション開発部に所属している。

といっても、私にはシステムについての専門知識はない。開発部の事務兼フォローという役回り。取引先と共同してアプリを開発する社員のスケジュール管理、売上管理から請求書の処理などを務めて四年になる。

オフィスに着いて、アプリケーション開発部のある六階へ向かうためにエレベーターを待っていると、後ろから声をかけられた。

「お。ちょうどいいところに。時雨、今日午前中ちょっと付き合って」

彼は朝倉《あさくら》さん。年齢は三十三歳で開発部門のリーダー。とても仕事ができる人で、我が社には欠かせない人材。

インフラ企業でエンジニアを続けていた彼は、うちの当時のリーダーに引き抜かれたらしい。そのリーダーは今やジョインコネクトの副社長だ。

「はい。どこかへ行くんですか？」

「取引先の『レイン』に打ち合わせ。明日だったのが今日に前倒しになった」

気怠そうな顔で答えてはいるが、彼は仕事となればちゃんとするって知っている。それに、怠そうにしているのだって、おそらく昨夜も自宅で遅くまで仕事をしていたからに違いない。

「例のマンガアプリの件ですね。そういえば、ウェブのCM見ましたよ。少女マンガ！って情報が詰まってましたね」

私は到着したエレベーターに乗り込んで、ボタンを押しながら話を振る。

「あー、そうだ。時雨はひと目惚れ否定派だったな」

私に続いてエレベーターに乗った朝倉さんは、腕を組んでニヤニヤして言った。

「否定派といいますか……前にも言ったかもしれませんけど、実際には戸惑うと思うんですよ。逆に警戒しちゃうっていうか」

経験したことはないけど、仮に『ひと目惚れしました』って告白されたとして、自分は相手をまったく知らない状況だとしたら、やっぱり喜びより疑いの方が勝りそう。……なんて、現実に起こりえない話なんだけど、前回の打ち合わせの後で、朝倉さんとこの話題で盛り上がったのだ。

「でも案外、軽いノリで『じゃあ試しに』ってくっついたりするんじゃねえか?」

「うーん……」

眉根を寄せて唸りながら、はたと気付く。

ひと目惚れではないにせよ、私だって出逢ってすぐに『縁談を進めたい』って言われたばかりじゃない。ありえないと思ってたことが現実に起きている。

「はは。ま、現実にはあんまりなさそうだし、ゲームの中の話かもな」

信じられない気持ちで固まっていたら、朝倉さんのおかしそうな声で現実に引き戻される。

「そ、そうですよ。二次元では王道なパターンであり、三次元では奇跡です」

ちょうどそこでエレベーターが止まり、朝倉さんに続いて降りる。

そう。そんなのは〝奇跡〟だ。そして、私の場合はそれに当てはまらない。

なぜなら、成さんに気持ちや情はなく、政略結婚を目的としているのだから。

　そうして私は自分のデスクに着き、無心になって仕事を始めた。

　昼前には取引先での打ち合わせが無事に終わった。

　私はオフィスに戻る道中、朝倉さんと仕事の話題になった流れで心配を吐露する。

「それにしても、既存アプリの改善案と並行して新しいものを制作依頼って……。ありがたいですけど、朝倉さんがますます忙しくなりますね」

　朝倉さんは他にも数件仕事を抱えているし、リーダーということもあって全体をきめ細やかに見なければならない。けれど、今日の取引先の担当者は朝倉さんを気に入っている様子だったから、別の社員に回すってわけにもいかないだろう。

「暇より忙しい方がいいよ。必要とされるうちが華ってね」

「でもあまり無理しすぎると身体壊しますから……」

「わかってるよ。ちゃんと他の人にも割り振るし。大体、時雨を連れていったのは俺が楽するためなんだから」

　オフィスに入った直後さらりと言われ、きょとんとする。

「え……私はシステム設計の知識は皆無ですから、お手伝いすることも限られますよ」

「時雨がまとめた資料はシンプルかつ正確でいいんだよ。取引先からの要望がわかりやすくなっていい」

朝倉さんは普段から愛想のいい方ではない。かといって、冷たい人ではないと社員のみんなが知るところ。だからこそ、そんな上司から褒められて素直に喜んだ。

「お役に立てているならうれしいです」

「時雨が入社するって聞いた時はなあ。全員で顔見合わせて、微妙な空気になったもんだよ」

朝倉さんはカラカラと笑って言った。けれども、ちっとも嫌な気はしない。

「もう何度も聞きましたよ。私を扱いづらいと思っていたんですよね」

「そりゃあな。本社名と同じ名字からすぐわかるだろ。会長と血縁関係にあるんだなって。さしづめ社会勉強くらいの軽い気持ちで来るんだろって思ってさ」

時雨グループ会長の孫娘って肩書きを知れば、みんなは腫れ物に触るように接するだろうと入社前から想像はしていた。現に入社直後は本当にそんな感じだった。

朝倉さんもその頃を思い返している様子で、顎に手を添え、宙を見つめていた。そしてふいに吹き出す。

「ところが時雨ときたら、指示された当たり障りない仕事をさっさと終わらせて、無理やり仕事を奪っていったよなあ。でも結局、力仕事とか雑用とかだけっていう」

「だ、だって。新入社員の私にできる範囲なんてそれくらいしかなくって」

「身なりだって華美なもんじゃなくてさ。俺らの社長令嬢っていう固定観念を覆されたよ。なんてったって、中身が体育会系だし」

「え！　私そんなに暑苦しくないですよね？」

「上下関係は絶対で、真面目で丁寧だって言ってんの。時雨なら他の企業でだってうまくやっていけるだろうに」

そういう風に評価してもらえて本当にうれしい。この四年、頑張ってきてよかった。

「たまたま私の希望も出版業界だったので……。父の意向を断る大きな理由もなかったんですよ。それに、ジョインコネクトは学生時代からいろんなアプリでお世話になっていたし、親近感もあったので」

父はどちらかというと心配性で、父の勧める女子短大ではなく共学の四大に進学をしたいと言った後から何度となく話し合った。結果的に、進学先は好きな学校を許す代わりに就職先は時雨グループ内で、という父の条件をのむことで丸く収まったのだ。

私としては、他の企業にも興味を引かれたのも事実だが、時雨グループが嫌なわけではなかったから父の希望を汲んだ。

就職先が決まった後は、自分は『時雨』だからきっと円満にスタートとはいかないはずと覚悟を決めていた。おかげで入社後には落ち込まずに頑張れたし、今は仲間のみんなに認められて居心地よく仕事できている。

エレベーターに乗り、率先してボタン操作をして扉を閉めると、朝倉さんにぽつりと言われる。

「本人も全然社長令嬢っぽくなくて話しやすいしな」

「それ、褒めてます？」

朝倉さんは「ははっ」と声をあげて笑った。

「もちろん。最大級の賛辞だ」

それからエレベーターを降り、開発部に入室した。

「じゃ、今日の打ち合わせ内容は今週中にまとめておいて」

「わかりました」

朝倉さんがデスクに足を向けた直後、再びこちらを振り返る。

「な、なにか？」

ジッと真面目な顔つきで見られると不安になり、背筋を伸ばした。

「いや。時雨は必ず約束を守るからな。安心して自分の仕事に専念できるなあって」

ふいうちの誉め言葉に茫然とする。

彼は普段、ストレートに誰かを褒めたりしない。なのに、さっきに続きさらにうれしい言葉をもらった。感極まって、目頭が熱くなってしまう。

「期待を裏切らないよう、これからも頑張ります」

九十度にお辞儀をして涙目をごまかすと、朝倉さんは「おう」とひと言残してデスクへ向かっていった。

熱い気持ちを抱えつつ席に着く。私は気合いを入れ、資料作成に取りかかった。


無事に一日を終え、帰宅したのは夜八時頃。

食事をし、入浴を済ませて部屋でひと息ついていた時にスマホが鳴った。発信主の表示を見て驚く。

成さんから……！

咄嗟にベッドから立ち上がり、すぐに電話には出ず部屋をうろうろと歩き回る。動揺を少し落ち着かせてから、勇気を出して応答アイコンに指を伸ばした。

「も、もしもし……？」

《梓さん？　こんばんは。今、話していてもいいですか？》

「え、ええ。大丈夫です」

なんだろう。一度しか会ってないせいもあって、やたら緊張する。仕事でも電話はしょっちゅうするが、こんなに緊張はしない。

「えと……なにかご用で?」

自分の部屋だというのに座りもせずに立ったまま話していると、彼が耳に心地いい声音で言った。

《昨日はありがとうございました。それで、改めてお会いしたいと思って。お誘いの電話です》

「えっ……」

《梓さん、今週の土曜日のご予定は? もしよければ一緒に出かけませんか? 都合が悪ければ、日曜日でも》

男性から誘われること自体久々すぎて、年甲斐もなくうろたえる。

「いや、その、土曜日は空いてはいますが……」

この人、本気で政略結婚をするつもりなの……?

《本当? よかった!》

いろいろと考えが浮かんだものの、電話口からあまりに明るい声が飛んできて思考が止まった。

落ち着いた雰囲気の彼がこんな反応するなんて予測できない。まるで本当に想いを寄せられているって錯覚しそうになる。

どぎまぎしていると、彼は気恥ずかしそうに声のボリュームを戻して続けた。

《……あ。じゃあ、時間や待ち合わせ場所などは改めてメッセージで連絡します。とりあえず今夜はこれで。おやすみなさい》

「あ、はい……。おやすみなさい」

通話を終え、しばらく立ち尽くす。

喜んでた……？　うっかり口調も砕けて慌てるくらい……。なに、これ。いったいどうなってるの？　どうして成さんはあんなに……。

たちまち顔が熱くなる。ふとドレッサーに映った自分と目が合った。耳まで真っ赤なのを目の当たりにし、さらに恥ずかしさが増す。

ううん。深く考えるな。さっきのは……そう。きっと政略結婚がうまくいくと考えたからよ。

私は動悸をどうにか抑えたくて、そそくさとベッドに潜り込んだ。

気付けば土曜になっていた。今週はやたらと早く過ぎた感じだ。

電話では成さんに流されて約束してしまった。あの後、激しく後悔しつつも、どのみち私の意思を伝えなければならないから、と今日の約束は前向きに捉えた。

実は親を通して断ってもいいかな……と頭を掠めたりもした。が、こうなってしまったら仕方ない。面と向かって話をしよう。逃げるのは性分じゃないもの。

改めて自分の気持ちを確認し、部屋を出る。リビングに向かって「出かけてくるね」とひと声かけて家を出た。

成さんからは、昨日の昼にメッセージをもらっている。

待ち合わせはうちの最寄りの世田谷《せたがや》駅。

成さんから、『家まで迎えに行くよ』と言われたのを丁重に遠慮した。すると、『せめて近くの駅まで行かせて』と食い下がられて、甘えることとなった。

約束の時間は十時。急がなくても余裕で着きそう。

駅まで歩きながら、数日前のお見合いの日を思い返す。

今日は着物じゃないから動きやすい。この間は着ているものも場所もシチュエーションも、なにもかも非現実だったからなあ。たかが服装だけど、やっぱり洋服だとリラックスできている気がする。この調子ではっきり断ろう。

駅付近に着いて腕時計を確認すると、十時十分前。

辺りをきょろきょろと見ていたら、目の前にパールホワイトの車が停まった。私は思わず目を見張る。

レースで走っていそうな洗練されたデザインの車。綺麗で艶やかなボディに、車に詳しくない私ですら見とれてしまう。通り過ぎていく人たちも、無意識に視線を向けている。

ぼーっと眺めていたらナビシート側のウインドウが下がっていき、運転席に座っている人を見て驚いた。

「な、成さん！」

呆然としている間に、成さんが車から降りてきて助手席のドアを開けてくれた。

「梓さん、どうぞ乗ってください」

彼が笑顔で私の名を呼ぶ。たったそれだけで心臓がドクドクと騒ぐ。

私は緊張を押し込め、おずおずと車内に足を踏み入れた。

「失礼します」

軽く会釈をしてから、車に乗り込む。シートは革張りで、外観の感じもあわせ、明らかに高そうな車だった。

「もしかして、待たせてしまいましたか？」

「いえ。本当に今来たところで……」

「それならよかった。シートベルトは大丈夫ですか？　出発しますね」

成さんはスマートに車を出し、正面を見ながらさらりと言う。

「和服もよかったですけど、私服姿もかわいいですね」

ストレートに褒められ、びっくりして成さんを見た。同時に頬が熱くなっていくのを感じる。

今日は緊張せずに過ごせそうだってさっきまで思っていたのに、成さんの言動ひとつでたやすく覆される。

直球な表現は海外仕込みなのかな。確かこの間まで海外赴任していたって話だったし。ここは深読みせず、単なる社交辞令だと受け取るのがベストだよね。

「ありがとうございます。でも、成さんこそ素敵かと……」

「え？　そうですか？」

成さんはハンドルを切りながら、不思議そうに呟いた。

九頭身近くある彼のスタイルは一般人離れしていて、お見合いの時にも圧倒された。

立っていても座っていても……運転していても絵になる。

そんな彼の今日のコーディネートは、黒い細身のパンツにオフホワイトのシャツ、ネイビーのチェスターコートで、綺麗めシンプルに纏められている。成さんが街中を歩けば、絶対に周りの人たちに注目されるに違いない。

成さんに見入っていると、彼は赤信号で車を一時停止させ、「ふっ」と柔らかく笑った。微笑んでいる理由がわからず、首を傾げる。

すると、成さんはうれしそうに言った。

「今日の服、ちょっと似てますね」

言われてすぐ、自分のコーディネートを確認する。

黒のスキニーに白のボートネックカットソー。羽織っているデニム生地のシャツだけが成さんとは違っていて、確かに他は色や形が似ている。

指摘された事実に、たちまち恥ずかしくなった。

「本当ですね……。なんだかすみません」

「なぜ謝るんですか？　デートっぽくていいです」

彼は白い歯を覗かせて、さらっと言ってのけた。もはやここまでになれば、照れているこちらの方がおかしいのかなと思ってしまう。

私は咳払いをして気持ちを切り替え、冷静になってから話しかけた。

「あの、これからどちらへ？」

「今日は少し肌寒いですし、屋内で過ごすのはどうかと思いまして。ミュージカルを観に行きませんか?」

「ミュージカル? 私、機会がなくて観たことないんです!」

私は成さんの提案に、素になって答えていた。ハッと我に返った時には、成さんから優しい眼差しを向けられていた。

「興味あります?」

くすくすと笑われながら聞かれ、首を窄めて小さく返す。

「……はい。成さんはよく観に行かれるのですか?」

「僕はニューヨークにいた時にブロードウェイに何度か足を運びました。好きですよ」

完璧すぎる笑顔に加え、『好きですよ』がイケメンすぎる。声も顔も全部がカッコいいなんて反則だ。

暴れる心臓を密かに押さえ、平静を取り戻している間にふと疑問が頭をよぎる。

成さんは、母が言った通り結婚相手など選び放題だと思う。美しく頭脳明晰な女性を求めたって不思議じゃない。そこまで時雨にこだわらなくても、よさそうなものなのに……。

悶々としているうち、あっという間に渋谷に到着した。機械式の立体駐車場に車を停め、私たちは劇場のある商業施設へと足を向ける。

「あ、開演時間まであと少しだ。ちょっと急ぎましょうか」

成さんは瞬く間に私の手を取り、エレベーターへと急ぐ。

「ああ。上りは行ったばかりか……。間に合うかな……。もっと時間に余裕のある枠にしておけばよかったです。すみません」

私は彼の言動に、思わず笑いをこぼした。

「ふふっ。成さんでもとても急いだりするんですね。いつでも優雅に振る舞うイメージでした」

なんでもそつなく完璧にこなす印象だったから、こんな風にそわそわする姿は意外。

ふいに繋いでいた手をクイッと引かれた。その拍子に、彼との距離がより近くなる。

成さんは顔を近付け、色っぽい声で囁いた。

「僕も必死になったりしますよ。やっぱりよく思われたいですから」

ドキッとしたところに、エレベーターが到着した。

「あっ。思ったより早く来ましたよ！」

私は動揺をごまかすように言って手を離し、エレベーターに乗り込んだ。気まずい気持ちのまま、右側へ移動していくランプを見上げる。

その後ホールに入り、席に着いて間もなく開演したおかげで会話をしなくても済み、妙な動悸を落ち着かせることができた。

公演が終わった頃には、すっかり舞台に魅了されていて、他のことなど忘れてしまっていた。

ホールを後にし、興奮冷めやらぬ状態で成さんに話しかける。

「とてもおもしろかったです！　席もすごくよかったから、演じてる人の表情も見えましたし。ありがとうございます」

今日までミュージカルを知らなかったのが勿体ないと思うほど。今日の上演作は映画で知っていた作品だったのもあって、すんなりとストーリーに入り込めた。

成さんもまた満足そうに目尻を下げる。

「楽しんでもらえたようでよかった」

観客が一斉に出たためエレベーターが混雑している。そのため、私たちは自然とエスカレーター乗り場へ足を向けていた。

「もう昼だ。お腹が空きましたよね。なにか食べに行きましょう」

私は「そうですね」と自然に返した後で、ハッとする。

普通にデートを楽しんでる場合じゃないんだった。今日は、お見合いの話をきちんと終わらせなきゃ。

考え事をしていたら、エスカレーターの降り口に気付くのが遅れて足がもたついた。するると成さんが私の腕を掴み、助けてくれる。

「ごめんなさい」

「大丈夫？　気を付けて」

怪我をせずに済み安堵するのも束の間、再び手を繋がれて動揺する。

まだ手を離さずにいるのは、私が危なっかしいから補助的な意味で繋いでくれているだけ。そう。深い意味はないのよ。

必死に理由を考えて冷静になる。……けど、なんだか自分の手なのに、自分のものではないような感覚。握り返すのもおかしいし、そうかといって力を抜きすぎるのも、あからさまに嫌がっていると受け取られかねない。

『無になれ』と心の中で唱えているうち、やっと一階に着いた。

「梓さんはなにか食べたいものはありますか？」

「えーと……苦手なものはないので、成さんのお好きな場所があればそちらで」

「そうですか？　だったら、付き合っていただいても？」

「は、はい。もちろんです」

あたふたと返事をしたら、彼に微笑み返される。

移動先がどこでも構わないから、早く手を離してほしい。ドキドキしちゃって困る。

もしかして、繋いでること忘れてる？　離すタイミングがわからないよ！

結局、そのまま駐車場に戻った。車に乗る時にようやく手が離れ、ホッと胸を撫で下ろす。

車を十分ほど走らせ、雰囲気のある木造の建物の前に到着した。

外に出て、成さんについていくと建物の入り口にたどり着く。

「……ここは？」

「本の隠れ家です」

首を傾げると、成さんはにっこり笑って、年季の入った木製のドアを引く。促されて中へ一歩入るなり、たちまち本の匂いに包まれた。オルゴールの音楽が流れる中、店内を見回してみる。

壁や床、テーブル、すべてが温かみのある木製。アンティークの照明がオレンジ色に照らす空間は、なんだか別世界に感じた。

ここは本屋？　所狭しと本が並んでいる。壁はすべて本棚。それも、天井までびっしり。お客さんは、本を読み耽っていたり、友人と一冊の本を共有して楽しんでいたりする。だけど、テーブルに飲み物や食べ物が置いてある。ここはカフェでもあるの……？


「いらっしゃいませ……鷹藤様！　ご帰国されていたんですか？」

「ええ。今月の初めに。ご無沙汰しております」

「ちょうどいつもの部屋が空いていますので、ご案内いたします」

スタッフとのやり取りから察するに、成さんは以前からこの店の上得意らしい。

階段を上っていくと、それこそさっき成さんが言っていた『隠れ家』みたいな個室に通された。

ソファに腰を下ろすと、ふかふかしていて気持ちがいい。スタッフがメニューをテーブルに置いて一度退室した後、成さんはメニューを開いて渡してくれた。

「どうぞ。好きなものをオーダーしてください」

「めずらしいお店ですね。初めは本屋さんかと思いました」

「ここは本の貸し出しもしてくれるレストランです。昔から気に入っている場所なので、梓さんも好きになってくれるとうれしいんですが」

私の持つメニューを覗き込むように顔を近付けて囁かれると、危うく変な声を出し私はなんとか平静を保って会話を続けた。

「へえ。そうなんですか？　素敵なお店ですね。……ん？　これってまさか、全部本の中に出てくる料理だったり……？」

メニューを見れば、見覚えのある本のタイトルがちらほらある。

私が尋ねると、成さんはニコリと笑った。

「そうです。シェフが本の中の料理を再現して作ってくれているんですよ」

「すごい！　発想がおもしろいですね。あ、私この絵本読んだことあります。わあ～、生のトマトから作るソースがかかったオムライスだ。私、これがいいです！」

昔よく読んでいた絵本がメニューのラインナップにあって、つい興奮する。

「僕もその本知ってます。じゃあ僕は……ビーフシチューにしようかな。飲み物はなににします？」

「ええと、ぶどうジュースで」

「わかりました」

成さんはベルを鳴らしてスタッフを呼び、オーダーしてくれた。

スタッフに対しても人当たりがいい彼の姿を盗み見して思う。

成さんって気が利くし、よく笑うし……感じもいい。およそ欠点が見つからない、とてもいい相手なのに、友恵ちゃんはどうして無断ですっぽかしたんだろう。彼女も穏やかなタイプだし、お似合いなのにな。単純に伯父に反発したくなったとか？　いや、これまで友恵ちゃんが反抗した話は聞いたことないし……。

ぼんやり考えていたら、成さんと目が合った。いつの間にかスタッフはもういなくなっていたらしい。

成さんを見つめていたのがバレたのでは……と慌てて視線を逸らす。再び手元のメニューを見て、話題を変えた。

「あ、これも有名な絵本のおやつですね！　パンケーキかあ。これも美味しそう」

「梓さんは、洋菓子は好きなんですか？」

「え？　はい。甘いものは全般的に好きですが」

洋菓子は……って。なにか引っかかる聞き方で内心不思議に思っていたら、彼が言った。

「お見合いの日、梓さん、茶菓子に手を付けなかったでしょう？　和菓子が苦手なのかと思って」

びっくり……。そんな些細なところを見ていたなんて。

「あー……実は緊張していて食べる余裕なかっただけなんです。和菓子も好きですよ。あんな素敵なホテルの和菓子だったら、よっぽど美味しかったんだろうな。今になって後悔してます」

「それなら今度、改めて行きましょう。僕も和菓子好きなんですよ。ぜひ一緒に付き合っていただけるとうれしいです」

間髪を容れずに飛び出してきた誘い文句に目が点になった。成さんは有無を言わせない極上の笑みを浮かべている。

ちょ、ちょっと待って。なにこれ。なんで私、胸がドキドキして……。

「お待たせいたしました」

そこにスタッフが飲み物を運んできてくれた。気持ちを切り替え、「いただきます」とジュースを口に含む。新鮮なぶどうの香りが口から鼻へ抜けていき、一瞬で虜になった。

まもなくして料理も運ばれてきた。私がオーダーしたオムライスは、絵本のものを忠実に再現していて驚いた。

ふと向かいに置かれた皿にも目を向ける。成さんがオーダーしたビーフシチューは、作品を知らないけれど、香りがよくて美味しそうだった。

私は両手を合わせた後、ひと口目でその優しい味に感動し、夢中で頬張った。半分くらい食べ進めたところで、オムライスに集中しすぎたと我に返る。

「す、すみません……。思わずひとりの世界に没入してしまい……」

おずおずと彼を窺うと、失望の色などまったく見せず、むしろ穏やかな表情を浮かべていた。

「謝る必要はありませんよ。さっきの観劇の時も感じましたが、梓さんは目の前のものにすごく集中するんですね。誘い甲斐があります」

「もれなく集中しすぎて周りが見えなくなるという欠点もついてきますが……」

「なるほど。じゃあ、そばについていてあげなきゃ心配かな」

私は成さんの言葉にドキリとさせられ、もう一度心の中を整理した。

なにを翻弄されているの。今日の目的を忘れたの？　彼の真意を確かめた上で、縁談の件を白紙にしてもらうために来たんじゃない！

数秒後、思い切って口を開く。

「実は私が今日、成さんからのお誘いを受けた理由は、確認したかったからなんです」

「はい。なんでしょうか？」

意を決して切り出した話題なのに、成さんはニコニコ顔で返してくるものだから調子が狂う。私は「んんっ」と咳払いをして真面目に答えた。

「ええと、まず先日もお話しした通り、このお見合い話はもともと私にいただいたものではないので、成さんも直前に本来の相手が来ないと聞いて驚かれましたよね？」

「ん？　まあ……驚きましたね」

「しかも、都合よく今度は従姉の私がお見合いをするとなって不快でしたよね？　本当に申し訳ありません」

深々と頭を下げると、彼は目をぱちくりとさせた。

「いえ。失踪されたと知って動揺はしましたが、不快などとは決して……。梓さんと知り合えてよかったと思っていますから」

「はっ……？」

「そうでなきゃ、連絡先を交換してまでこうして誘ったりしません」

好意的な言動に翻弄される。彼の眼差しは柔らかいままだけど、その瞳からは真剣さも伝わってくる。

ことごとく当初の予定と違う方向へ行っている現実に戸惑いを隠せず、言葉を失った、その時。

「梓さん。僕と結婚してください」

成さんが今までにないほど真摯な姿勢で、はっきりと言った。いよいよ私もなにが起こっているのかわからなくなり、絶句する。

彼はその間、一度たりとも目を逸らさず、まっすぐにこちらを見つめている。こらえきれなくなった私は、ふいっと顔を背けてしまった。

「勿体ないお言葉です。私はこれといって取り柄もない人間ですし……。若くして次期頭取になることが決まっている成さんの隣に相応しいとは思えません」

これは謙遜ではなく本音。

友恵ちゃんは昔から着付けとか英会話とかマナー講習とか、それはもういろいろと習っていた。それに比べて私は、英語は苦手だし着物だって着付けどころか着慣れていなくて疲れちゃうし。唯一習っていたピアノも趣味程度で、パーティーなどで披露するレベルでもない。

「取り柄がないだなんて、どうしてそんなことを思うんですか？　梓さんは真面目で責任感があって、素敵な人だと思ってます」

「素敵って……。従妹の方がよっぽど……」

ハイスペックな男性に言い寄られ、うれしい感情より困惑の方が大きい。

だって、あまりに私を過大評価しすぎている。出会って間もないことを考えると、リップサービスと考えるのが妥当だ。

私が心情をそのまま顔に出していたのか、彼は小さく肩を落とす。

「梓さんの仰ることはわかります。でも、出会い方がイレギュラーだったという理由だけで断るつもりなら納得いかないかな。まず僕を格付けした後でもいいですよね？」

「格付け？」

「あ、すみません。仕事のクセでつい……。要するに僕を信用できるかできないかジャッジするってことです」

仕事……。そうか。政略結婚はある意味ビジネスだものね。となれば、目的のために交渉するのは普通っていうわけか。

「初対面の時点でどうしても無理だったって言うなら……潔くあきらめます」

あきらめる、というワードに反して、彼の両目は情熱が滾《たぎ》っているように見える。この様子だと彼はすんなり納得してくれなさそうだ。

不可解な部分はまだ多い。ただ、目の前の彼からは真剣な気持ちが伝わってくる。

「この間と今日の僕の印象はどうでしたか？　正直に言ってくださって構いません」

改めてよく見ると、成さんってとても綺麗な瞳をしている。

私は煌く宝石に絆《ほだ》され、ぽつりと呟いた。

「好印象……でした」

瞬間、彼はぱっと笑顔を咲かせる。

「よかった。だったら可能性はありますよね？」

「え？　う……ん」

この期に及んでまだ言い淀んでいたら、成さんに顔を覗き込まれる。

「では期限を設けませんか。その間は立場や互いの背景など忘れて、個と個の付き合いをしてみましょう」

「えっ、あの」

「──三カ月。お試し期間ということで。僕を知ってください」

端正な顔をさらに近付けられて、たまらず目線を逸らした。しかし、なお彼の視線をひしひしと感じ、根負けする。

「三カ月間で……納得していただけるんですよね？」

「はい。約束は守ります」

成さんの真摯な姿勢を見て、心を決める。

「わかりました」

短期間付き合って答えを出せば納得してくれるなら、遠回りだけどそれが一番円満に決着をつけられる方法かもしれない。

私が承諾すると、成さんは顔を綻ばせる。

「本当ですか？　ありがとうございます！」

お見合いの日も思ったけど、成さんって温和な人柄なのに意外に意見を押し通す。それがまた威圧的じゃないから、こっちもつい押し切られがち。なんていうか、うまく誘導されている感じだ。

なによりも、今までこうもグイグイと好意を伝えられた経験がない。だから、過剰に意識しちゃって、毅然と突き放せない。それと、やっぱりどういった経緯であっても魅力的な人に好意を持たれたら、素直にうれしくなるのが世の常らしい。自分も思いのほか単純な女だったのだ、と恥ずかしくなった。

しかし、今回の件はあまり突き放しすぎたら、伯父や父が困る結果になる可能性を孕んでいるのも事実。だから……彼の提示した条件を受け入れたのは、間違いじゃないよね……？　要するに、ちゃんと知った上で断ればいいわけだし……。　ひと月も付き合えば、適当な理由をつけて断ったって納得してもらえるよ。いや、彼の方から断ってくる可能性だってある。

頭の中で状況を整理し、腹を括った。

はあ。それにしても、これだからお見合いっていうものは。親やら仲人やら顔を立てなきゃならないのが一番大変。まあ今回については、引き受けた時点で私も責任はあるから仕方ない。

前向きに考えて、食べかけだったオムライスにスプーンを入れる。大きく開けた口に放り込んだ直後、成さんはニコッと口角を上げた。

「そうと決まれば、本日ご両親はご在宅ですか？」

私は首を傾げつつ、口の中のものがなくなってから答えた。

「両親……ですか？　家を出る時にはいましたけど」

「そうですか。では、のちほど連絡を入れていただいてもいいですか？」

「はい？」

思わず眉根を寄せて、渋い顔で聞き返してしまった。それでも成さんは、相変わらずにこやかだ。

「挨拶に伺わせてください。初めにきちんと説明しておいた方が後々面倒もないでしょうから」

「挨拶……!?」

親に挨拶って。三カ月間お試しで恋人になりますって？　そんな報告ってあり？

またもや驚かされ、唖然とする。彼が言い出す内容には次々と驚かされる。

でも成さんの言うことも一理ある。三カ月間隠し通すのが一番いいけれど、万が一、成さんと会っていることが知られたら……。私たちがうまくいったと勘違いして大喜びするのは必至。とすると保険をかけて、恋人試用期間について先に伝えておいた方が無難なのかも……。

考えに考え、渋々成さんの要望を受け入れることにした。

「わかりました。家に電話してみます」

早速自宅に連絡をしようとバッグからスマホを出そうとしたら、突然手首を握られる。びっくりして、成さんを凝視した。

「食事が終わった後でいいです。せっかくですから、美味しいうちに食べましょう」

私はバッグを戻し、まだかろうじて温かいオムライスを再び食べ始めた。

食事を終え、車で私の家へ移動する。

店を出てからすぐ自宅に連絡を入れた。両親には簡単に「話があるから成さんと今から帰るね」とだけ伝えたところ、さすがの母もびっくりしていた。

「わざわざ手土産まで用意していただいて……すみません」

後ろのシートに置いてある紙袋をちらりと見て頭を下げた。それは、彼が私の両親に気を遣って用意してくれた菓子折り。

成さんは運転しながら苦笑する。

「いえ。僕が急なお願いをしたので気になさらないでください。それよりも、突然なので梓さんのご両親の心象が悪くなっていなければいいんですが」

「そういうタイプじゃないので心配無用かと……。ところで、成さんのご両親にもご挨拶に伺った方がいいでしょうか……?」

うちに挨拶をするなら、同じようにしなきゃならない気がして尋ねたものの、内心ヒヤヒヤだった。

いくら彼の提案とはいえ、ご両親の前で『お試し期間を設けることになりました』なんて、どんな顔をされるかと怖くて仕方がない。うちの両親は、今回のお見合いでもわかる通り、突拍子もない出来事にも柔軟に対応できるタイプだからどうにかなると思えるけど。

「とりあえず、先に梓さんのご両親に承諾いただきましょう。まあ、こちらは僕が伝えておきますので、梓さんは気にしなくても大丈夫ですよ」

「そうですか……?」

正直ホッとした。だって、こっちは密かに破談前提だし、さすがに気まずすぎる。

そうして数十分後、ついに自宅に着いてしまった。

我が家は三坪ほどの庭がある、やや広めの4LDK。両親が広すぎる家はコミュニケーションが取りづらそうだから、とほどよい大きさにしたらしい。

きっと成さんはものすごく立派な家で育って、今も高級タワーマンションとかに住んでいるだろうから、自分の家とのギャップに驚くかもしれないな。

私は車を降り、玄関まで先導する。

まるで初めて彼氏を連れてきた感覚だ。自慢じゃないけれど、これまで男の人を自分の家に連れてきたことがない。こんなにも緊張するものなの？　動悸がすごい。

なんとなく隣の成さんを見れば、彼は私の視線に気付き、ニコッと口角を上げた。

私と違って明らかに余裕がある。

すうっと息を吸い、いざ！と玄関を開けた。

「ただいま」

私が言い終えた直後、リビングからパタパタと足音が近づいてきた。

「おかえりなさい。成さん、ようこそ」

母の上機嫌ぶりにハラハラする。

お願いだから、変なこと言ったりしないでよ……！

心の中で懇願していると、成さんは綺麗なお辞儀をした。

「先日はありがとうございました。本日は突然の訪問をお許しください」

「いえいえ。こちらこそ。どうぞ上がってらして」

先に成さんを通し、私は後からついていく。

リビングを通り過ぎる際、ちらっとドアの隙間からソファに座って新聞を眺めている父が見えた。あれはおそらく、成さんの突然の来訪に戸惑いを隠せず、新聞を手に持っているだけ。だって、私が出かける時も同じ新聞を読んでいたもの。

客間に着くと、成さんは母へスマートに菓子折りを渡した。母はうれしそうに受け取って、お茶を淹れに一度離れていった。

「あの、どうぞそちらに座ってください」

「ありがとう」

成さんは私が勧めた上座に座る。そんなさりげない日常生活の所作にすら、彼からは育ちのよさが滲み出ている。

うっかり見とれていると、今腰を下ろしたばかりの成さんが急に立ち上がった。

「時雨社長。本日はお時間をいただきましてありがとうございます」

「いえ。今日娘が約束していたのが成さんとは驚きました」

父は続けて「どうぞ座ってください」と声をかけた。その後すぐ、母がお茶を持ってきて全員が腰を下ろした。

私と成さん、父と母がそれぞれ横並びになって向かい合うと、なんだかドラマなどでよくあるシーンに重なって見える。

「それで、今日はどのようなご用件で……？」

父が口火を切ると、たちまち緊張が高まる。母が興味津々な目で私と成さんを交互に見るものだから、たまらず目線をお茶へ落とした。

「はい。今回、私たちの出会いはご両親も同席した上でのお見合いでしたので、きちんとご報告をすべきと思いまして」

「報告……ですか？」

父が訝しげに尋ねる。

この後の成さんの話を聞いたら卒倒しちゃうんじゃないかな。といっても、そもそも私をお見合いに行かせたのは父だ。どうせ驚いたって反対はしないよね。

刹那、成さんが深く頭を下げてはっきりと宣言した。

「梓さんと結婚させていただきたく、お願いにあがりました」

私は唖然として、成さんを見つめた。両親もびっくりした顔で固まっている。

……ちょっと待ってよ。話がだいぶ違う。

「いや……こちらはお見合いをした時点で、すでに承諾させていただいているようなものですし……。あとは当人たち次第だとは思っていたので」

「本当ですか？　ありがとうございます」

さすがの父も青天の霹靂だったようで、しどろもどろになっている。

どういうこと？　予想外の展開に頭も気持ちも追いつかない。この場で誰になにを発言すべきかまったく判断できず、動揺するばかり。

必死に成さんへ視線を向けるも、彼は知ってか知らずか、こんな時に限ってこちらを見てはくれない。焦る気持ちばかりが募っていく。

「これからは公私ともに深いお付き合いを、どうぞよろしくお願いいたします」

私が口を開く前に、成さんがそう言って改めて頭を下げた。

――狡い。『公私ともに』だなんて……。

それって、暗に私が断れば会社にも影響が出るって示唆しているようなものじゃない。そんな大きな問題を抱えて、感情任せに安易に否定できないよ。

膝の上の手を握りしめて瞳を揺らしていると、成さんがさらに言葉を重ねる。

「実は折り入ってもうひとつ、お願いがございます」

「な、なんでしょう？」

私も父と同じ疑問を抱き、不安に襲われた。そして嫌な予感は的中する。

「もしお許しいただけるのなら……明日にでも梓さんとの新生活をスタートしたいと思っております」

「えっ」

次々と驚かされて、ついに驚嘆の声が漏れ出てしまった。

私は必死に言葉を選び、やんわりと反論する。

「でっ、でも私はまだ家事を完璧にこなせないので、きっとご迷惑を……」

「梓さんも仕事をしてますし、ハウスキーパーに依頼する方法もあります。将来を見据え、ふたりで協力して料理をしたりするのもいいですね」

こっちが必死に逃げ道を模索しているというのに、成さんはにっこり顔でたやすく道を塞いでいく。

「あら～。優しくて堅実な旦那様ね。梓よかったわね～。問題ないわよね、お父さん」

「ん……しかし、明日って急すぎやしないか」

「もう。子離れしないといけませんよ。私が梓と同じ年齢の時は、もう梓がお腹にいたんですから」

「まあ……そう言われたら……」

母は父を諭し、目を輝かせて成さんに頭を下げた。

「不束者の娘ですがよろしくお願いしますね」

両親への報告を終え、成さんは長居をせずに席を立った。

玄関での別れ際に、「外まで送ってくる」と告げて私は彼と家を出る。

一刻も早く彼とふたりきりになりたかった。彼の車まで向かい、両親がいないのを確認してからすぐさま問い詰める。

「さっきのはなんですか？　結婚なんて……同居なんて、私聞いてません！」

結構な剣幕で捲し立てたのに、成さんは悪びれもせずに微笑んで返してくる。

「あれ？　初めに伝えたよ。結婚してくださいって」

成さんの発言に目を見開いて固まる。

記憶を辿れば、確かに彼はそう言っていた。でも交わした約束は、その後の『個と個の付き合いをしてみましょう』って部分でしょ？　三カ月間、恋人として付き合った上で返事をすれば納得してくれるって。

「梓さんも、わかりましたって言ってくれました」

「な……っ」

にっこり笑う彼を見て謀られたと気付き、顔面蒼白になる。

「結婚するとなれば、一緒に生活するのは一般的ですよね？」

「ちょっ……強引すぎます！」

憤慨して返すと彼は顔を覗き込んできて、ぽつりと呟く。

「強引にもなるよ。三カ月しかないんだから。一秒だって無駄にできない」

これまで終始丁寧だった彼の言葉遣いが砕けたものに変わり、目を白黒させる。

成さんの雰囲気が一変してたじろいでいたら、彼はダメ押しかのごとく柔和な笑みを浮かべた。

「ごめんね。だけど俺も必死なんだ。決められた時間内に、君には俺のこと好きになってもらわなきゃならないからね」

仮面が外れた――。

私の記憶が合っていれば、成さんはお見合いの日、自分を『俺』とは呼んでいなかった。あの場はかしこまった席だったからそうしていたとは想像にたやすい。が、このタイミングで口調も変えられたら、妙な緊張感が走る。

お見合いから今日のデート、そして両親の挨拶までは、よそ行きの仮面をつけてたんだ。成さんって単に優しいだけじゃない。邪気のない笑顔で自分に有利になるよう働きかける。もしかして、とんでもない策略家かも……。

本当の〝鷹藤成〟を前にし、戦慄する。

「やっぱりこの話は……」

「撤回はなしだよ。三カ月は俺自身を……俺だけを見てくれるって約束しただろう？それにご両親にも筋を通したばかりだしね」

すらりと長い人差し指を唇の前に出され、言下に却下される。私は、ぐっ……と言葉をのみ込んだ。

悔しいけれど言い返せない。確かに三カ月彼と向き合ってみる件は自分で決めて返事をしてしまった。加えて、両親まで巻き込み時雨グループにも影響があると考えたら、簡単に約束を取り消せない。

その時、ふいに場にそぐわない楽しげな笑い声が聞こえた。

「はは。本当、真面目だね。そういうところが好きなんだけど」

彼はごく自然に私のことを「好き」と口にする。本心ではないにせよ、好意を直接的に表現されるのは慣れていなくて顔が熱くなる。

「じゃ、明日迎えに来るよ。また電話する」

「あっ、明日⁉　さっきの明日にでもって話、本気だったんですか⁉」

「だって、君と過ごすのに一日だって惜しいから。都合悪い？」

「都合がどうとかじゃなく！　あなたがこういう人とは思わなかった！」

勢い任せに本音をぶつけてしまった。

いくらなんでも失言だったかと口を押さえ、気まずい心地で目を泳がせる。

「こういう……？」

成さんが、やや低い声でぼそりと聞き返してきた。

「ほら……なんていうか……人を欺くような、こと」

「嘘はついてないよ。見合いの席も今日も、今も。どれも本当の俺」

彼は淡々としながら、ゆっくりと近付いてくる。

怒らせてしまったかと肩を竦めていたら、手を掬い取られた。

「これからちゃんと全部見せるから、君も教えて」

彼の至極柔らかな表情を前にし、胸の奥が小さな音を立てていく。思考とは裏腹の自分の反応に戸惑いを隠せない。

成さんは優しく目を細め、離した手を私の頭にぽんと置いて車に乗り込んだ。

「じゃあね」

ウインドウを下げてひと言残し、彼は颯爽と去っていった。遠くなっていく車を瞳に映し、茫然と立ち尽くす。

信じられない。誰か、これは嘘だと言って――。

現実を受け入れられないまま家に戻る。リビングに入ると父が咳払いをし、複雑な表情を浮かべてぽつりとこぼした。

「父さんたちがお膳立てしておいてなんだけど……まさか見合いから一週間も経たずに話が進むとは思わなかったなあ」

「そ……そうだよね」

私は引きつった笑顔で相槌を返すのが精いっぱい。

もうわけがわからない。いっそ今からでも正直に全部話してしまえば……でも……。

迷っていると、父が照れ交じりに笑って言う。

「寂しいけど、鷹藤くんなら安心だなって今、母さんとも話してたんだ。兄さんはもちろん鷹藤との繋がりを持てることに喜ぶだろうが、私は自分が元気なうちに梓の門出を見届けられるというのが一番うれしいよ」

これまで父や母から結婚を急かされたりすることはなかった。でも、父は心の底では私を心配していたんだ。

頬を緩ませる父に真実を伝える勇気も出ず、私はすべて呑み込んでしまった。

憂鬱な気持ちで自分の部屋に戻り、ベッドに横たわって目を固く瞑る。

どうしたらいいの？　今、嘘でしたって懺悔するよりも、三カ月後に性格の不一致とか適当に理由をつけて戻ってきた方が衝撃は少ない……？　ああ、もう。正解がわからない。

もどかしい思いで枕に突っ伏していたら、デスクから着信音が聞こえてきた。ビクッとして起き上がり、恐る恐るスマホに手を伸ばす。

まさか成さん？　まだなにか言われるんじゃ……。

発信元は、てっきり彼だと思い込んでいた。しかし、ディスプレイを見て拍子抜けする。表示されている文字は【非通知設定】だ。

ひとまず成さんではないと思ってホッとしたものの、相手が誰だかわからない電話に別の警戒心を抱く。

これって、前も電話をかけてきた相手かも……。

私は相手が気になって、応答ボタンに人差し指を触れた。

「……はい？」

《あっ……。梓ちゃん？》

「え？　え⁉　もしかして、友恵ちゃん⁉」

私の名前も知っているし、鈴を転がすような可憐な声は彼女に違いない。

《うん。久しぶ……》

「友恵ちゃん、今どこにいるの⁉　大丈夫なの？」

消息の掴めなかった友恵ちゃんから連絡が来た！

私は焦る気持ちから、彼女の言葉を遮ってしまった。だけど、この機会に聞きたいことは山ほどある。

すると、ぽつりと電話口から返ってくる。

《大丈夫よ。彼といるからひとりではないし……》

友恵ちゃんの返答に驚き、言葉を失った。

これまで友恵ちゃんからは一度も恋愛についての話を聞かなかった。彼女の性格だ。私から質問をしなかったから、言い出せずにいただけなのかもしれない。失礼かもしれないけれど、友恵ちゃんってイメージ的に箱入り娘って感じだったのもあって、彼氏がいるって想像していなかった。

「まさか……駆け落ち？」

《お父さんに知れたら絶対彼と別れさせられると思ったの。だから……》
確かに伯父は厳しい。しかも、鷹藤家とのお見合い話があったのだ。百二十パーセント反対されるのが目に見えていて、友恵ちゃんは交際相手がいるなどと言い出せなかったんだ。
「なるほど……。お見合いを控えてたしね……」
《そう！　電話したのはその話をしたかったからなの！　梓ちゃんにお詫びしなきゃって。私のせいで梓ちゃんがお見合いに行ったのよね？　本当にごめんなさい》
言下に謝られて戸惑いを隠せない。
「どうして知ってるの……？」
だって、私が代わりに行くと決まったのは彼女がいなくなってからのこと。
《お見合いの件は嫌って言うほど聞かされてたから日時も場所も覚えてた。当日、お父さんはどうしてるかしらってどうしても気になって……》
友恵ちゃんはぽつぽつと弱々しい声で順に説明をする。
《中止になった事実を見れば安心できるだろうって、予定していたホテルに忍び込んだの。さりげなくフロントに確認したら、予約がそのままでびっくりして……》
「じゃあ、あの日近くにいたの？」

《……うん。そうしたら梓ちゃんがいて、さらに驚いて。お父さんならやりかねないって思ったら申し訳なくなって。その場で姿を現すべきだってわかってはいたけど足が竦んで……梓ちゃんにすら声をかけられなくて》

「そっか……」

友恵ちゃんじゃなくても、一度逃げてしまったお見合いの席に、ひとりで顔を出すって勇気がいると思う。父親の前に出ることさえ怖いのに、鷹藤家の人たちも揃っていたのだ。気の弱そうな友恵ちゃんにはどう考えても無理な話。

《ごめんなさい……本当に、ごめんなさい》

友恵ちゃんは声を萎ませ、本当に申し訳なさそうに何度も謝った。

「いいよ。幸い私には恋人もいないし。伯父さんもさすがに私相手に、これ以上無理強いはできないでしょ」

私が明るく言うと、逆効果だったのか耳元で鼻を啜る音がした。

《梓ちゃん……ごめんなさい。私どうしたら……》

「だったら、友恵ちゃんは彼とこれから幸せになって。それで大丈夫だから」

友恵ちゃんが《でも》と口にしたのと同時に、電話の向こうで呼び声が聞こえた。

「呼ばれたんじゃない？　いいの？」

《あ、うん……。あの、また必ず連絡するから》
「うん。待ってるね」
友恵ちゃんとの通話を終え、ほんの少し気持ちが前を向いた。
彼女がお見合いから解放されて幸せになれたなら、代役を引き受けてよかったと素直に思えた。

翌日、昼過ぎに成さんが迎えにやってきた。私は少しの荷物とともに、彼の高そうな車に乗って実家を後にした。

友恵ちゃんから電話がきてから、不安定だった気持ちが少し落ち着いた。

時間は巻き戻せない。自分の言葉も取り消せない。だったら、いっそ前に突き進むしかない。大丈夫。彼も三カ月を過ごした後の結論にはどんな答えでも納得するって約束してくれた。

成さんの車に乗って約二十分。道路交通標識を眺めていたら、白金台《しろかねだい》にやってきていた。それからまもなくして、成さんのマンションに到着する。

まず驚かされたのは、天高くそびえ立つほどの高層マンションだったこと。目視で数えきれないけど、五十階くらいはありそう。

外観も有名ホテル並みにスタイリッシュなデザインだし、ロビーには二十四時間体制でコンシェルジュがいると説明され、感嘆して息を漏らした。

こういった設備やセキュリティが整ったマンションがあるのは知ってはいたものの、目の当たりにしたのは初めてで圧倒される。我が家も友恵ちゃんの家も一戸建て。タワーマンションには縁がなかったから余計だ。

最上階の部屋に着いたら、成さんは間取りをはじめ、キッチンやバスルームを案内してくれた。他にも、彼の書斎やベッドルームなど。私が持ってきた荷物は、ベッドルームの隣室に置かれた。

「わ……。ここはなにもないんですね」

八畳ほどの広い部屋は、掃除は行き届いているものの、がらんとしていた。

「そう。この部屋、好きに使っていいから」

「えっ。い、いいんですか？　ありがとうございます」

荷物を置いた後は、整然としたリビングに足を踏み入れた。

リビングだけで二十畳近い空間には、テレビと黒い革張りのソファ、ガラスのサイドテーブルとシンプルなものばかり。全体的にモノトーンで揃えられた空間で、落ち着いた雰囲気だった。

大きな窓からは街を一望できる。一軒家と違い、街並みを見下ろせる景観は新鮮だ。

「コーヒーでも飲む?」

「あ、私も手伝います」

キッチンに向かう成さんの後を追ったものの、コーヒーマシンを見て手が止まる。

「あの……これ、どうやって使うんですか?」

最新型家電というものなのか、見た目はコンパクトでボタンがたくさんある。すぐには豆を入れる方法もわからない。

「ああ。まずこのボタンを押して」

「すみません。家やオフィスにあるものと全然違っていて……」

戸惑っていたら、成さんが操作してくれた。すると、機械から豆を挽く音が聞こえてくる。私は興味津々で機械に顔を近付けた。右上にロゴを見つけ、コーヒーマシンで有名なメーカーだと気付いた。

「これはエスプレッソも淹れられるから気に入ってるんだ。ミルクスチームもできるからカフェオレも飲めるよ」

「カフェオレ? わあ。私、好きなんです!」

思わず喜んで顔を戻すと、カップを用意した成さんが間近にいて驚いた。あまりの近さにどぎまぎする。

「じゃあ牛乳も用意しよう」

冷蔵庫の方へ行った成さんの横顔を盗み見て、胸に手を当てる。

いや。今のは不可抗力。ふいうちで至近距離にいたせいで動揺してるだけだから。

言い訳がましく心の中で言葉を並べているうちに、成さんは牛乳を持って戻ってきた。私にレクチャーしつつカフェオレを用意してくれ、「どうぞ」とカップを手渡される。

さっきから思っていた。成さんの手、すごく綺麗。指はすらりと長いし、大きいし。

男の人の手って、こんなにドキドキするものなの？

ハッと我に返り、目線を戻してカップいっぱいに入ったスチームミルクをこぼさないよう、そそくさとダイニングテーブルに運ぶ。時間差で成さんが自分のコーヒーを持って、向かいに座った。

「ごめんなさい。結局淹れてもらっちゃって」

「いや。いつもしてることだから」

ブラックコーヒーを口に含む姿がよく似合う。

つい見入って危うく目が合いそうになり、ごまかす流れでカフェオレを飲んだ。

「わ、美味しい」

カフェで飲むカフェオレと大差ない味に驚くと、成さんはふわりと微笑んだ。

「よかった」

彼の笑顔は毎回私をドキッとさせる。途端に落ち着かなくなり、しきりにカップを持っては置いてを繰り返した。時折、正面に座る成さんを窺う。

睫毛を伏せてカップを持つ姿も絵になる。なんなら背景にマンハッタンの街並みが見えてきそう。カフェのオープンテラスで英字新聞読みながらとか……似合いすぎる。

カップをテーブルに戻した成さんが、ふいにくすりと笑った。なにかと思って背筋を伸ばす。

「実は今日、迎えに行くまで不安だったんだ。君が逃げてしまったかもと思って」

「えっ」

「昨日の別れ際に明確な返事はもらってなかったから」

苦笑交じりに言われ、目を点にした。

昨日の雰囲気と全然違う。あの時は、私に有無を言わせぬほどで強引だったのに。

「そんなの……私の両親に報告した時点で逃げようがなかったっていうか。成さんもわかっていて外堀を埋めたのでは？」

「そう？　いくら俺が周りを固めたって、行動に移そうと思えばいくらでもできるだろ？　友恵さんのように」

突然、友恵ちゃんの名前が出てきて言葉を失った。

私に彼女から連絡が来たのは知らないはず。

そもそも、成さんは友恵ちゃんをどう思ってるんだろう。もしかして、お見合い直前になって振り回した時雨家に立腹していて、代償に私を利用して報復とか……いや、まさかね。

「なにか難しいこと考えてるね」

頬杖をついた成さんにくすくすと笑われ、我に返る。

「あっ。いえ、なにも……！」

「ま、いいけどね。とりあえず、現段階は君がここへ来てくれた事実だけで満足してるし」

どこまで見透かされたかはわからない。しかし、彼はそれ以上詮索する素振りも見せず、穏やかな雰囲気を纏ったままだ。

なんにせよ、私個人の利用価値なんてないに等しい。唯一あるとするならば、会社同士の繋がりを強固にするくらい。

目の前にいる彼がなにか謀略を巡らしているとは思えない。しかし、私がここへ来ざるを得ないよう仕向けたのは彼だし、油断は禁物かも。

両手でカップを持って正面の彼を盗み見たタイミングで、成さんはテーブルにキーを置いた。

「まずはこれを渡しておくよ」

彼が出したのはこの部屋のキー。

ここで生活をするならキーがないと困る。とはいえ、簡単に受け取るのも憚られた。

成さんは躊躇する私に構わず、スッとこちらへキーを押しやる。

「家にあるものは好きに使って。必要なものがあるなら買うし」

そう言われて、自然とキッチンに目線がいった。

「あの。調理器具って……」

さっきコーヒーを淹れるためにキッチンに入った時、違和感を抱いた。理由はなにかと探ったら、炊飯器やレンジが見当たらないせいだと気付いた。ともすると、鍋どもないのでは……と思ったのだ。

「ああ。そうか。料理しないから買ってなくて。これから買い揃えに行こうか」

「でっ、でも成さんは、これまでなくても生活できていたんですよね？　私が来たがためにっていうのは」

ちょっとした調理器具なら、今は百円で揃えたりもできる。が、さすがにレンジ等の電化製品となると……。第一、約束の期間を終えた後、不用品になるのがわかっていて買うっていうのはどうなのかな。

「いや。今回をきっかけに俺も少しは料理するようにするよ。昨日も言ったでしょ？一緒に料理するのもいいねって。だから気にしないで」

うーん。それならいいのかな……？　でもたった三カ月のために……。

私が判断を下せずにいるうちに、成さんはコーヒーを飲み干して言った。

「それ飲み終わったら早速買い物に行こうか」

「あ……はい……」

まただ。成さんの優しい笑顔に不思議と従ってしまう。

私は申し訳なさで肩を窄め、カフェオレを急いで飲んだ。

買い物を終えてマンションに戻ってきたのは、夕方六時頃だった。あまりに荷物が多かったからか、コンシェルジュが部屋まで運ぶのを手伝ってくれた。

「疲れたんじゃない？　少し休んだらいいよ」

「あ、だけどせめて炊飯器は箱から出さないと。お米を炊けないので」

私が休む間もなくキッチンの床に置かれた箱を開こうとしたら、横から手が伸びてきた。

「俺がやるよ」

スマートに作業を代わってくれる成さんを見て、つい口からこぼれ出る。

「本当、成さんって思ってた感じと違いますね」

「へえ。興味あるな。じゃ、どう思ってたの？」

成さんは炊飯器をカップボードの上に置きながら尋ねてきた。私は彼の横顔を気まずい思いで見つめ、ぽつぽつと答える。

「肩書きだけ聞いて勝手にイメージしてたんです。自ら率先して動くより、人を使う方が慣れてるのかなあ……って。だから、一緒に買い出しに付き合ってくれたり、こうしてスマートに手伝ってくれたりするのが少し意外だったんです。すみません」

悪気はなくても、あまりいい思いはしないはず。すると、成さんは次に私の前に置いてあった電子レンジの箱を開封しながら答える。

「なるほど。ケースバイケースだけど、さすがに女の子に働かせて俺は休んでるってのはないでしょ」

「そ、そうですね」

　彼はそれを行動で表すかのごとく、手際よく電子レンジもセットする。

こういう行動は普段から心がけていないと、咄嗟の場面でできないんじゃないかな。成さんは今だけでなく、買い物中も店員任せにしないで、進んで商品を車に運ぶなど、自然だった。遡れば、デートもお見合いの時もさりげなく手を貸してくれたりして。

肩書きが立派だと高飛車な人も多い中、彼は違うみたい。

「そっちこそ。社長令嬢のわりにそれっぽくないよね。買い物も全然贅沢しないし。ここに来る時の荷物だって、すごく少なくて驚いた」

「あ～……職場でもよく言われました。父もあまり貪欲な性格ではないですし、社長といっても雇われ社長のようなものなので。特段贅沢もせず暮らしてきたからでしょうか……あっ、私はそんな父が好きなんですけどね！」

友恵ちゃんは雰囲気からして、財閥の令嬢って言葉がしっくりくる。比べて私は、令嬢って言葉は当てはまらないんだろうなって客観的に思っている。だからといって、不平不満はまったくない。

「うん。いい雰囲気のお父さんだよね。俺も好きだよ」

「……ありがとうございます」

危ない危ない。さわやかに白い歯を見せて『好き』って言われたら、対象が自分じゃないってわかっていてもドキッとする。

態勢を整え直そうと成さんに背を向け、スーパーで買ってきた食材を袋から出していたら背中越しに言われる。

「もちろん、梓さんもね」

私は思わず振り返り、見開いた目に彼を映し出すだけでなにも返せなかった。

今のはついでに言っただけ。軽く受け流さなきゃ。いちいち翻弄されてどうするの。ここへ来たのは円満に破談するためでしょ。

そう自分に言い聞かせても、彼の言葉が衝撃すぎて冷静になれない。結局あからさまに動揺して、うまく言葉も返せずにいた。

「俺が食材を冷蔵庫に入れるよ」

「あ、お、お願いします」

話題が逸れてホッとしたのを気付かれないように、その後は無心で片付けを進めた。

「成さん、手際がいいし器用ですよね。包丁の使い方も上手でした」

夕食を終えた後、洗い物もふたりで協力して行う。

普段料理をしないと言っていた成さんが、調理しているところへやってきて率先して手伝ってくれたのだ。もちろん私の指示で動くだけだったのだが、彼は実にスムーズにこなしてくれた。

「見様見真似だったんだけど、褒められるとうれしいね。梓さんこそ、家事ができないようなこと言ってたのに、そんなこと全然なかった」

「あっ……。あれは、まったくできないわけじゃなくて未熟って意味で……」

両親の前で突然同居の話を持ち出された時に、咄嗟に出てきた言い訳だった。まあ、基本的な食事は母が用意してくれていて、私はお弁当くらいしか料理しないから丸っきり嘘でもない。

「ふうん。やっぱり真面目だなあ」

「そうだ。明日のお弁当ですが、なにか苦手なものはありますか？」

私は手をタオルで拭いて、食器を片付ける成さんを振り返りながら尋ねる。

さっき買い物中に、寝坊しない限りはお弁当を持参するようにしている話をしたら、自分にも作ってほしいと成さんから言われた。ひとり分もふたり分もさして変わらないか……と考えて承諾し、ついでに成さん用のお弁当箱を購入してきたのだ。

成さんは口元を手で押さえ、言いづらそうにぽつりと答える。

「……ピーマンとしいたけ」

彼の意外な一面にきょとんとしてしまう。

嘘でしょ？　なんだか子供みたい。見た目は頼りがいがあり、聡明で仕事も完璧な男性なのに。

茫然としていたら、成さんが眉根を寄せて呟く。

「……カッコ悪いから、やっぱり黙っておけばよかったかな」

私は途端に吹き出した。

「いえ。そういう一面もあるんだなあって、親近感が湧きました」

およそ欠点が見つからない人だと思っていたから。とはいえ、食べ物の好き嫌い程度は欠点のうちに入らないか。

「それならよかった。隠したかったけど、ありのまま全部見せるって約束したから嘘はつけないと思って」

苦笑しながら律義に約束を守る成さんを見て、驚きを隠せない。

あの時の約束なんて、些細な会話に過ぎない。なにより、こちらの事情などお構いなしに自分の意志を貫く勝手な人だと思っていたのに。

だけど、普段は誰にでも気遣う様や誠実な面も見せたりするし……。ありのままの彼は、いったいどちらなの？

私は浮かんでくる疑問を飲み込み、食器に手を伸ばして答えた。

「お世話になるのでそのくらいは。でも味はあまり期待しないでください」

「『お世話になる』とか堅苦しいのはナシ。だって俺たちは今、恋人なんだから対等でいいはずだろう？」

高い位置の棚板に戻そうとした食器を横から奪われる。自然と視線を彼に向ければ、上品に弧を描く唇が再び開いた。

「ってわけで、先にお風呂に入っておいで」

成さんの笑顔はやっぱり有無を言わせない。しかし、原因は彼に笑いかけられた時にドキリとする自分にもあると気付く。

私は断り切れる自信がなくて、「ありがとうございます」と足早にバスルームへ向かった。

私と交代でお風呂に入っていた成さんがリビングに戻ってきた。

彼はタオルを頭に被り、片手で髪を拭きながら隣に座った。右側の座面が少し沈んだ感覚に、一気に緊張する。

「梓さんは、明日何時に出るの？」

なにげなく横を見てドキリとする。

彼の濡れた髪の先から水が滴った。たくましい首筋をゆっくりとなぞっていくのを目で追う。綺麗な鎖骨で止まった瞬間、我に返って視線を逸らす。

彼のラフな姿はアンニュイな雰囲気を醸し出していて、色気に直結している。とてもじゃないが直視できない。

なんだか落ち着かなくて、目を合わせられないまま口を開く。

「私は八時前でも間に合いそうです。成さんは？」

「俺はいつも七時過ぎかな」

「わかりました。その時間に間に合うようにお弁当を用意しますね」

私が言うと、成さんは申し訳なさそうに聞いてきた。

「今さらだけど負担じゃない？　俺のお弁当がなければもう少しゆっくりできるのに」

「起きる時間はこれまでと変えないつもりなので平気です。ここからだとオフィスまで近くなって、かなり余裕ありますから」

「そう……？　実を言うとすごく楽しみにしてるんだ。ありがとう」

成さんがはにかんでお礼を口にする。私はなんだか気恥ずかしくて、やっぱり彼を直視できなかった。こそばゆい空気に耐えられず、白々しく掛け時計を見てソファから立ち上がる。

「そろそろ休みましょうか。今日はあちこち買い物へ行って疲れたと思いますし」

「そうだね。明日からまた仕事だしね」

ようやく今日が終わる。ホッとして廊下に出た成さんについていき、はたと気付く。

そういえば、寝る時のことまで頭が回らなくて、寝具関係をなにも用意していなかった。『好きに使って』と言われた部屋にはベッドはなかったはず。もしかしたら、クローゼットの中に布団があるのかな？

私は与えられた部屋の前で立ち止まり、おずおずと彼の背中に声をかける。

「すみません。私、すっかり忘れていて……。お布団は部屋のクローゼットにありますか？」

すると、成さんはきょとんとしてこちらを見た。困惑しつつ、私も彼を見つめる。

……まさかね？　うん、ないよ。ないない。

パッと浮かんだ可能性を一瞬で否定し、自己完結する。その矢先、成さんが堂々と答えた。

「え？　ここのつもりだったけど」

彼が指をさしている先はベッドルーム。予感が的中し、慌てふためいた。

「ええっ⁉　それはちょっと……さすがに」

「平気だよ。ベッドはかなり広いから」

広いか狭いかの問題ではない。男の人と一緒に休むなんて緊張しちゃう。

「ふ、布団はないんですか……？」

「ごめん。海外から戻ってきたから布団って持ってなくて……困ったな」

愕然としている間に、成さんは「んー」と悩ましい声を漏らしている。

この流れは……もしやこの後、定番のセリフが……。

「だったら俺がリビングのソファで」

「わー！　無理です！　わかりました！　今夜はそちらで休ませてもらいます！」

予想通りの回答を慌てて遮り、今回も私が折れる羽目になった。

詳細まで考えが至らなかった私も悪い。ちゃんと想定できていたら、実家から布団でもなんでも持ってきていた。

すごすごとベッドルームに入り、遠慮がちにベッドに横たわる。隅で丸まって、成さんに背を向けた。電気が消され、仄暗い中しばらく沈黙する。

「そういえば、ルールを決めてなかったね」

「ルール？」

後ろからぽつりと切り出された話題に、思わず顔だけ振り返る。成さんは天井を見つめていた。

「期間が決まってるから、一緒の時間を設けるべく意識した方がいいと思うんだ。具体的に提案してもいい？」

なるほど。彼の言い分はわかる。もしも極端に互いを避けていたら、相手の情報はなにも得られず、一緒にいる意味をなさない。

「はい、どうぞ」

納得した上で了承すると、成さんはふいに視線をこちらに向けた。

「仕事で夜遅くなるとか、必要な連絡はすること。なるべく一日一度は一緒に食事をすること。どう？」

「はい。構いません」

その程度なら、同居する間柄として一般的なルールだろう。

「あと夜は同じ部屋で眠ること」

「え……？　それは……」

戸惑いを隠せない私に、彼は淡々と続けた。

「もし忙しくて時間が取れない日も、隣に寝ていれば、日常生活の中にお互いの存在を確かめられるから。そもそも、そういう意味合いで始めた約束だろう？」

『約束』と言われたら、なにも言えない。

所詮口約束でしょう、と言う人もいるかもしれないけれど、私は交わした約束は責任をもって果たしたい。

これまで、友達や家族、職場や取引先など、幾度となく約束を交わしてきた。約束を積み重ねていくうちに信頼は築かれ、絆が深まっていると実感している。だからこそ約束を守る大切さをわかっているつもりだし、適当な約束はしないようにしている。

知り合って間もない相手であっても、〝約束〟は私にとっては破るものではなく、守るものなのだ。

私は自分のポリシーを胸に、『三カ月だけだから』と自分に言い聞かせ、腹を括る。

「わかりました」

そうして、三カ月間の白金台の高級タワーマンションでの生活が始まった。

早いもので一週間が経ち、同居生活二週目に入った。

実は先週、成さんに言われるまま必要書類を用意して、本当に入籍してしまった。

それというのも、父が成さんに余計なことを言ったからだ。

私のいないところで〝同居を始めた手前、早めに社会的に認められる関係へ〟と、遠回しに伝えていたらしい。母からも電話で《曖昧な関係のまま子供でもできたらって心配もあるみたいよ》と聞いた。

そんなこと絶対にあるわけないのに結局私がうまく立ち回れず、そうこうしているうち、成さんがあっさり父の要望を受け入れたのだ。

現実を受け止めきれないまま数日を過ごす私とは逆に、成さんは今朝も変わらぬ様子で一緒に朝食を食べ、お弁当を持って出社していった。

彼は『いづみ銀行本店』の経営戦略企画部に所属しているらしい。それも、その部署を統括する立場だとか。留学経験に加え五年間も海外支店にいた彼は、かなり英語も堪能なんだろう。

お見合いの時の釣書をまともに見ていなかったから、年齢や学歴など、初めて知ることの連続だったりする。

ちなみに彼は私とたったの三つしか年齢が違わなかった。つまり、二十九歳。初対面のしっかりして落ち着いた印象から、もう少し上かと思っていた。

彼は頭脳明晰で聡明さを感じられる分、今回の同居生活もプラトニックなものになりそう。

というのも、初日にルールなんてものを持ちかけられたのが理由のひとつ。

その後、ベッドでは私に一切触れずしゃべらずで朝を迎えられたのがもうひとつだ。

多少警戒心は持っていたけど、やっぱり悪い人ではなかったのがわかって、ホッとした。……とはいえ、彼の考えていることはいまいちわからないまま。

会って間もない——しかも代役の私と簡単に結婚するなんて。

成さんにとっては、結婚も仕事の契約と同じ感覚なのかも……。感情ではなく、結果的に得られるものの大きさで判断するだけ、とか。

そう考えてしまうのは、成さんほどの人なら父の意見など巧みに躱して入籍を逃れることなど容易だったと思うから。

ふとキッチンに整然と並んだ電子レンジや炊飯器に目を向ける。

むしろ成さんにとって好機だったのかもしれない。……全部、時雨と蜜月関係になるという目的遂行のため。

成さんは基本的に優しくてつい忘れがちになってしまう。だから、キッチンを見るたびに思い出さなくちゃ。

彼の行動のすべてはビジネスなのだ、と。

いつもより十分早くオフィスに到着し、まだ誰もいない部署に入った。

デスクに着いて、さっそくパソコンを開く。メールのチェックをし終えた頃に、パラパラと他の社員が出社してきた。

「おはようございまーす。あれ？　最近時雨さん、毎日早いですね」

高くかわいらしい声は、振り向く前に誰のものかすぐわかる。

「おはよう。稲垣《いながき》さんも今日は少し早いんじゃない？」

「昨日終わらなかった仕事があって。絶対目が乾く～。コンタクト大丈夫かなあ……」

彼女は私の二年後輩の稲垣里美《さとみ》。おしゃれが大好きなのが見た目からわかる女の子だ。服装はもちろん、バッグやアクセサリーなどの小物にも気を遣っている。その上、メイクにもこだわりがあるらしい。

「眼鏡持ってきてないの？」

「いえ。視力はいいんですけど、カラコン入れてるんですよ。黒目が大きくなるので」

口を尖らせる稲垣さんは、ふさふさの睫毛にくりっとした目で、アイシャドウがキラキラして今日も相変わらずかわいい。

「そっかあ。今はコンタクトって視力矯正のためだけじゃないもんね」

「そうです。努力ですよ、努力。私、毎月まつエク行ったり、毎日お風呂でリンパマッサージしたり、いろいろ頑張ってるんです。すっぴんなんて見せられませんよ。今では家族にだって、できれば見せたくないくらいです」

「ええ！　家族にも？」

目を丸くして聞き返すと、稲垣さんは力強く頷いた。

「そうですよ。ちなみに彼氏には絶対見られないように隠してます！」

「隠すって……旅行とかはどうするの？」

「お風呂上がりはナチュラルメイク。相手が寝静まった後にオフして、朝は自分が先に起きてメイクします。死守です」

「えーっ！　つ、疲れない？　将来結婚する人なら大丈夫なんじゃないの？」

旅行なら何泊かの話だから可能でも、毎日一緒に過ごすとなれば相当頑張らないと大変な話。

驚愕する私の前で、彼女は腕を組んで唸る。

「う－ん。将来はわかりませんけど、今はこのスタイル変える気はないんですよね。まあ彼氏の場合は、見られたくないって気持ちよりは、いつでもかわいい私を見てほしいっていうか」

稲垣さんの真剣な思いを聞き、目から鱗が落ちる。

「なるほど……。稲垣さんの彼は愛されてて幸せ者だね」

「やだ！　時雨さんったら。照れるじゃないですか」

彼女は照れをごまかすように、「仕事しますね」と去っていった。

稲垣さん、かわいいなあ。あんな風に思って陰で頑張ってるなんて知ったら、男の人はいじらしいって感じるだろうな。それに比べて私ときたら、成さんともう一週間も過ごしておいて、すっぴんだとかまるで気にしてなかった。めまぐるしい展開でそこまで気にかける余裕がなかったとはいえ……。普通、ちょっとは恥じらうよね。きっとそういうところが友恵ちゃんとは正反対なんだなあ。よく親戚が集まると比べられたもの。

おしとやかでいなきゃいけない、とは必ずしも思ってはいないけれど、誰かと比較された自分が劣っている気がして正直気分のいいものではなかった。

その時のことを一瞬思い出して、心の中がもやっとする。

まあ成さんとのことは、彼が納得した上で円満に別れる方向へ持っていきたいわけだし、恥じらうよりも素を晒していく方が効果てき面でいいじゃない。

私は自問自答して解決し、頭を切り替えて仕事を始めた。


その日の業務を終え、オフィスを出たのはちょうど陽が落ちた直後の夕方六時頃。

十月初旬の夜ともなれば、もう肌寒くなってきた。

電車を待っている間、スマホを取り出して成さんへメッセージを送る。

【これから帰ります。夕食はいりますか?】

これはいわゆる業務連絡だ。ルールに則った私の義務。

すると、思ったよりも早く返信がくる。

【お願いしていいかな。こっちももうそろそろ帰宅する予定だよ】

業務連絡と思ってはいても、こういったやり取りは当然家族以外では彼が初めてで、なんだか落ち着かない。

まるで普通の新婚夫婦みたい。いや、実際表向きはそうなんだよね。

言い表し難い感情が胸に残る。単なる疑似体験なのに、〝新婚〟のワードが頭に浮かんだ程度でドキッとしてしまう自分を嘲笑する。

電車がホームに入ってきた。車両に乗り込んだ後、手の中のスマホが振動する。

【一緒に食べよう】

追加で送られてきたひと言に、妙な動悸がした。どうにか平常心を保って車窓に視線を移す。

確かに、生活をともにすると、お互いについて短期間で知ることができるのかもしれない。私たちの出会いは、私が友恵ちゃんの代わりだったため特殊だし、時間をかけて付き合うよりはてっとり早いのだと、なんとなくわかった。

成さんの第一印象は〝紳士な人〟で、次に〝二面性のある人〟に変わった。狡猾に私と一緒に暮らす方向へ持っていかれた時は驚いた。でも絶対に彼は極悪人ではない。日常生活でも自然と挨拶をしたり、私が食事を作ればお礼を言ったり。片付けも私任せじゃなく一緒にしてくれて、心地よい生活を送れているもの。

時折ふわっと柔らかく微笑まれると、うっかり見とれてドキドキする。それと、さっきみたいなメッセージのやり取りでも彼の人柄は表れていて、常に相手への気遣いと感謝を忘れない男性というのが彼の本質なんだろう。

だけど、彼の私にくれる優しさは、他の誰かへ向けられるものと同じ。

私は本当の意味で彼の特別ではない。

駅前のスーパーで買ってきた食材をキッチンに運び、ひと息つく間もなく夕食の支度を始めた。

今日のメインはジンジャーハンバーグ。なんとなく、以前聞いた嫌いなものから予測し、だったら好きなものも単純なものだったりして……と考えた。

私の帰宅から約一時間後。ふいにリビングのドアが開く。

「ただいま。玄関まですごくいい匂いがする」

「お疲れさまです。もうそろそろかと思って今焼き始めたところで」

ハンバーグを焼く音で玄関の鍵が開いたのに気付かなかった。

成さんはそのままキッチンに来て、フライパンを覗き込む。

「今日はハンバーグだ」

「大抵誰でも好きかと思って。私、ハンバーグはあまり失敗しないので」

社会人になってから料理を始めたから、正直言って料理は得意と豪語できるほどじゃない。失敗するリスクを背負ってまで見栄を張るのもなんだし、と身の丈に合った料理にしたわけだ。

ジュウッといい音を立てるフライパンを見ていたら、優しい声が耳に届く。

「うん。好き」

思わず彼を見上げ、目を見開く。

主語は『ハンバーグ』。わかっていても、省略されて言われた単語はふいうちで、意識してしまった。

「いろいろ考えてくれたんだ。うれしいよ」

「あっ……」

彼の柔和な笑みに動揺した私は、フライパンの音の変化にハッとして、危うく焦げそうになったハンバーグを慌ててひっくり返した。

その後、成さんは盛り付けやセッティングを手伝ってくれた。

私は彼が夕食を綺麗に平らげてくれて、ほっとしていた。

今まで両親にしか自分の手料理を振る舞ったことがないから、毎回成さんに食事を出す時は緊張する。同時に、『美味しい』と微笑まれるたび、気分が浮き立った。

今夜も私が先にお風呂を済ませ、交代で成さんがバスルームに行った。その間に、荷物の置いてある部屋へ向かう。

旅行用のポーチからコンパクトミラーと基礎化粧品を取り出し、手早くケアをする。軽く髪を乾かして、リビングに戻った。

ソファの端に座って、なにげなくスマホを弄る。実家でも、ホッとひと息ついた時には、ついついスマホを見ていた。ネットニュースを読んだりショッピングサイトを眺めたりもするけど、職業柄、電子書店サイトやアプリ、電子書籍を読み漁ったりしている。

スマホで雑誌を読んでいたら、成さんがやってきた。無意識に彼へ目を向けるや否や、彼の色気に当てられてどぎまぎする。

もう。どうしていい男は濡れると艶っぽさが増すんだろう。目線を逸らせばいいって思っていても、その魅力に抗えない自分がいる。彼を見れば気持ちが落ち着かなくなるってわかっているのに。

成さんはこちらの視線に気付いていないみたい。キッチンへ入ってミネラルウォーターをグラスに注いで飲み始める。

お風呂上がりならめずらしくない光景だ。けど、彼にかかるとグラスを持つ手指や、飲み干す直前に天井を仰いだ際の顎から喉にかけてのラインとか、妙に色っぽい。

成さんが顔を戻した瞬間、目が合いそうな予感がして慌ててスマホを見た。

「俺もそっちで本読んでもいい？」

「えっ。はい。もちろん……っていうか、成さんの家なので、私を気にせず普段通りに過ごしてください」

盗み見していたのもあって、ひとり気まずい思いで笑顔を作る。

私はさりげなく座り直し、さらにソファの隅に寄った。成さんはキャビネットの上から眼鏡を取ってかける。稀に見る眼鏡姿にまたもや意識を奪われた。

イケメン＋お風呂上がり＋眼鏡。今私、女の子からものすごい羨ましがられるものを間近で見ているのでは……。

スマホを見ているふりをして、横目で成さんを窺う。彼はL字ソファに長い足を軽く組んで、リラックスした体勢で本を開き始めた。

横顔から彼の鼻梁が高く通っているのを実感する。一メートルくらい離れた位置からでも、肌の綺麗さや睫毛の長さもわかる。睫毛なんて、眼鏡のレンズを掠めるんじゃないかってほど。本当に女の子も羨むような容姿の持ち主だ。

ふと、今朝の稲垣さんとのやり取りが蘇る。

私、幻滅されたって構わないからって素顔でいるけれど、ポテンシャルの高い成さんを見ていたらさすがにいたたまれなくなってきた。

おもむろに彼の端正な顔がこちらを向く。視線がぶつかり、ギクッとした。

「……ねえ。俺、誘われてる？」

「はっ？　え？　な、なにを……」

うろたえていたら、彼は読みかけの本をパタンと閉じ、まっすぐこちらを見て言う。

「俺がリビングに来た時から、ずっとこっちを見てただろう？」

今だけでなく、さっきから気付かれていたと知り、激しく動揺した。

どう答えたら自然？　このままじゃ誤解されちゃう。別に成さんを誘っていたわけじゃないのに。

慌てふためくばかりで二の句が継げない。その間に、成さんは手を伸ばして私の腕をグイッと引き寄せた。

手の中のスマホがカーペットの上に落ちる。私はバランスを崩し、上半身が成さんの方へ倒れた。すぐに起き上がろうとしたけれど、彼が真上から顔を覗き込んできて動けない。私の視界には成さんだけ。

漆黒かと思っていた成さんの瞳は、間近で見ると濃褐色で美しかった。

「その大きくてつぶらな瞳でそう見つめ続けられたら、意識するなという方が無理なんだけど」

見とれているうちにしっとりとした声が落ちてきて、ツッと頬に指先が触れる。微かな感覚にもかかわらず、私に大きな衝撃を与える。

「この一週間感じてた。無防備にもほどがあるよ？」

心臓ってこんなに早く脈打つものなの？　自分の身体なのに、まったく別のものみたい。至近距離で覗く彼の前では少しも動けなくて、息をするのがやっとだ。

「な、成さんでもふざけたりするんですね」

冗談交じりに言って笑っても、彼は一貫して真剣な表情を崩さず熱い眼差しを向け続ける。

「まさか冗談を言ってると思ってる？」

「え……」

「約束はどうあれ、君は俺の妻だろう？　誘われたら、当然それに乗る」

「さっ、誘ってなんか」

成さんの発言に、カアッと身体が熱くなる。たまらず顔を背けた途端、彼の大きな手でクイッと戻された。

「そう？　だとしたらこれを機に自覚してもらわないと」

刹那、目の前の彼が長い睫毛を伏せていく。私は反射的に瞼をきつく閉じた。同様に唇もギュッと引き結ぶ。次の瞬間、ちゅっと額にキスされた。

……口にされるかと思った。結果的に彼の行動は想像とは違ったものの、安堵する余裕はなく、いろんな感情が入り混じる。

触れられた余韻が残る額に手を添え、そろりと彼に目を向ける。彼はニッと口の端を上げ、意地悪な笑みを浮かべていた。

「次は止められないよ、梓」

「なっ……」

急に『梓』と親しげに口にされ、驚きを隠せない。

成さんはくすくすと笑いをこぼし、離れていく。私はすぐさま起き上がって、体勢を整えた。距離を取っても、当然まだ心臓は暴れ回ってる。

『次は』……って。そんなの、これからずっと意識し続けちゃうじゃない。

ドクドクと騒ぐ胸を両手で押さえ、密かに彼に視線を送る。再び本をめくり始めていた成さんは、こちらを一瞥してニコッと目尻を下げた。些細なアクションだけで、簡単に翻弄されてしまう。

この関係はプラトニックだなんて、大いに油断していた。あんな風に鮮やかに迫られてやっと、自分の置かれた状況を顧みる。

いくら彼の印象が紳士的なものだったからといって、安全だなんてどうして安心しきっていたの。普通に考えれば男の人と一緒に暮らすってリスクを伴うじゃない。

反転した視界に映し出された精悍な顔つきの成さんが頭から離れない。触れられた頬や額にも感触が残っている。

さらに彼が低く色っぽい声で囁いたひと言が、耳にこびりついたまま。

『梓』──。

こんな調子で残りの期間を無事に乗り切れるの……？

それから数日間、かなり神経を使って過ごしていた。

そういう雰囲気にならないように気を付けつつ、あからさまに避けたりもせず、普通に接する──これがまた難しい。

なにせ私は大人の付き合いの経験がない。学生時代に付き合っていた彼とは、深い関係にまで発展する前に別れ、今に至る。そのため、どれが危険なスイッチに触れるのか、はっきりと線引きできていない。

あの日だって、彼の整った顔立ちを少し見ていただけだったのに。ちょっとだけ……ほんのちょっと、『セクシーだな』とか思って眺めていたかもしれないけど！

成さんは仕事が立て込んでいるのか、一緒に暮らしてから初めて《遅くなりそうだから夕飯は作らなくても大丈夫だよ》と電話がきた。

いろいろと張り詰めていたこともあって、夕食は気を抜いてもいいとわかるなり、つい胸を撫で下ろした。

自分だけの食事を簡単に用意し、入浴も済ませて週末の夜をゆったりと過ごしていたら、スマホが鳴り出す。成さんかな？と思ったけれど、ディスプレイを見たら【非通知設定】と表示されていて、慌てて応答した。

「もしもし！」

《梓ちゃん？　私……友恵です》

やっぱり！　友恵ちゃんだ。

私は思わずソファから立ち上がる。

《梓ちゃん。その後は変わりない？　お見合いの件はどうなったかな……って》

「あー……」

《え……。もしかして、なにかあった……？》

言い淀んでいたら、友恵ちゃんが不安げな声を漏らした。

お見合いの一件は友恵ちゃんにも関係している話。だけど、期間限定で一緒に生活する流れになったのは、あくまで私の決断で彼女が責を負うところではない。まして、やむなく一時的とはいえ結婚までしたと話せば、百パーセント彼女を追い込む。

けれども、後々どこからか耳に入るよりは、私から当たり障りのないところだけ報告した方がいいよね。

「実はね」

「ただいま」

迷いに迷って切り出したのと同時に、成さんがリビングに現れる。私はびっくりして固まった。

「あ、電話中だったんだ？　ごめん。俺のことは気にしなくていいよ。このままお風呂に行くから」

おかえりなさいも言えずにうろたえていたら、成さんは私を気遣ってすぐにリビングから出ていった。ホッとするものの、まだ心臓はバクバクいっている。

「ご、ごめん、友恵ちゃん。えっと、なんだっけ……」

《今の……誰？　『ただいま』って聞こえたけど……叔父様の声じゃないよね？》

友恵ちゃんが不審そうに尋ねてくる。

こうなってしまえば、同居についても、もう話す以外の選択肢はない。

私はひとつ息をついてから、成さんに届かないよう声のトーンを落として答えた。
「あのね。いろいろあって鷹藤成さんと暮らしてる……」
《ええっ‼ じゃあ、お互い好きになってってこと⁉》
「いや、違うの！ 好きとかなくて！ でもこれはもう私の勝手な判断だから！ 友恵ちゃんは気にしなくてもいいやつだから！」
スマホの向こう側で盛大な驚きの声を聞き、慌てて返すも彼女は動揺を隠せないらしい。ずっと《えっ》とか《待って》とかしきりに呟いている。
数秒経って、ようやく落ち着いたのか友恵ちゃんが言った。
《もしかして……やっぱり私の失礼な態度に立腹して梓ちゃんに矛先が……？》
「ううん。逆恨み的なものはないと思うから安心して。なんていうか……ビジネスの延長って感じ？ 友恵ちゃん、ごめん。今日はそろそろ電話切るね」
《う、うん……》
浮かない返事をする友恵ちゃんに、ふと疑問を投げかける。
「ところで、友恵ちゃん今までのスマホってどうなってるの？ いつも非通知だから」
《あ。ごめんなさい。自分のスマホはお父さんから連絡来そうで電源切ってて……》
「ああ、そういうことね」

《とりあえず、また私から電話するね。ごめんね》

通話を終えて、ふうっと息を吐いた。

優しい友恵ちゃんのことだから、迷惑かけたと知って気が気じゃないんだろうなあ。

しばらくして、お風呂上がりの成さんがリビングにやってきた。

「さっきはすみません。おかえりなさい」

「いや。こっちこそ電話中だと気付かなくてごめん」

彼はタオルで髪を拭きながら、タブレットを片手にソファに座った。

「帰りも遅かった上、まだお仕事ですか？　大変ですね」

遅くまで仕事をしてきたのに家でも……となるとかなりの仕事量だと想像できる。

成さんは私を仰ぎ見て、ニコッと笑った。

「いや。これは業務外」

「あ……そうでしたか。それならよかった。いつ休めるのかって心配で……。じゃあ、私は部屋へ行くのでごゆっくり……」

せっかく休日前の夜だもん。ひとりでゆっくり好きなことして過ごしたいよね。

「あ、待って。悪いけど、眼鏡取ってくれる？」

リビングを出ようとしたら、呼び止められる。私はキャビネットの上から眼鏡を手に取り、彼に渡した。成さんは受け取る際に、ジッと見つめてくる。

「俺のこと心配してくれたんだ。ありがとう」

「いっ、いえ。別にお礼を言われることでは……」

ストレートに感謝を伝えられたら、なんだか照れくさい。

そそくさと部屋へ戻ろうとすると、手を掴まれる。

「だけど、ひとりより君と一緒にいたいな。その方が癒される」

「えっ」

「隣に座っててくれる？」

縋るような視線に捕まって拒絶できない。

彼の瞳に惹き込まれ、私は素直に隣に腰を下ろした。すると、成さんは満足げに目尻を下げて手を離す。それから眼鏡をかけ、タブレットに指を滑らせ始めた。

眼鏡をかける仕草や軽く睫毛を伏せる横顔さえも、心を奪うような人。私が無意識に見つめてしまうのは、すべて魅力的な彼のせい。

そこまで考えて、はたと気付く。

うっかりしてたら、また迫られるかもしれない。あんなの二度もされたら心臓がもたない。一定の距離を心がけなきゃ。

さりげなく距離を開けようとした矢先、話しかけられる。

「ねえ。明日、明後日は予定ある？」

「いえ、ありません……けど」

「よかった。だったら二日間、俺がもらってもいい？」

眼鏡越しに柔らかく目を細める彼にどぎまぎする。

なんていうか……成さんって、言い回しにいちいちドキドキさせられる。休みを『俺がもらってもいい？』なんて、妙にときめいてしまった。

消え入りそうな声で「大丈夫です」と答えると、彼はふわっと微笑んだ。

「軽井沢《かるいざわ》に行こうか。向こうは今ちょうど紅葉が見られる時期だったはず」

「軽井沢……」

幼少期は家族で年に一度は遊びに行っていた。軽井沢なら、日帰りできなくはない距離だ。でも成さんは、『二日間』って言ってた。それってもしかして……。

「別荘があるから、気兼ねなくゆっくり過ごせると思うよ」

「別荘！」

時雨本家も立派な家を構えてはいるが、別荘までは持っていない。

「俺は十年ぶりくらいになるかな。いつも星を見るのが楽しみで昔から好きな場所なんだ。明日も天気はいいみたいだし、一緒に見ない？」

「あ……えと、つまり一泊するってお話で……？」

「そのつもりだったけど、ダメ？」

悲しげに眉尻を下げる成さんに胸が痛む。

よくよく考えれば軽井沢へ行かなくても、この家ですでにふたりきりなわけだし。いっそのこと、休日を楽しむのがお得だよね。それに出かけていた方が間も持ちそうだし、余計なこと気にせずに過ごせそう。

「いえ。じゃあ、ご一緒させていただきます」

それから、急遽決まった一泊旅行のために軽く荷造りをし、その日もまた適正な距離を保って眠りに就いた。


軽井沢へは成さんの車で向かった。紅葉時期の休日とあって、ちょっと時間はかかってしまったけれど、ドライブ自体が久しぶりで案外悪くなかった。

成さんの運転する車に乗るのは初めてではない。しかし、慣れているわけでもないから、どうにも意識してしまう。自分が運転しないのもあって、ハンドル操作や視線のひとつひとつに目を奪われる。なによりも、車を停止させた際にちらっとこちらを見て優しく微笑む彼に胸が高鳴った。

早くなる鼓動をごまかしたくて、私はさりげなく外を眺めて尋ねる。

「どちらへ向かってるんですか？」

「別荘のある南軽井沢に。まず荷物を置いてから出かけよう。俺も久しぶりだから先に別荘の位置を確認しなきゃと思って」

「十年ぶりって言ってましたもんね。あれ？　だったら鍵は……？」

「鍵は別荘の管理をしてくれる会社に預けてあるから届けてもらえるよ。やっぱり定期的にハウスクリーニングしてもらわなきゃならなくて」

「ああ。なるほど。そうですよね」

ちゃんとメンテナンスが必要だよね。そうかといって、自分でマメに手入れするのは現実的ではないんだろうし。

そうこうしているうちに木々に囲まれた道に入り、前方に立派な建物が見えてきた。すでに一台の車があり、成さんはその隣に停車して車を降りる。私も彼に続いて降車した。

グレージュの外壁に黒のアクセントが入った高級感のある建物に圧倒される。どこまでが私有地かわからないけれど、一般的な家の二軒分以上ある建物の大きさから推測するにかなり広そう。

玄関へ向かうと、ちょうど別荘から管理会社の女性らしき人が出てきた。

「あ、鷹藤様。お世話になっております。室内の方を整えさせていただきました。鍵をお返しいたしますね」

「ありがとう」

成さんが鍵を受け取ると、女性は会釈をして車で去っていった。

「中に入ろう」

成さんに言われて家の中に入る。玄関を抜けるとすぐにリビングで、足を踏み入れた瞬間、驚嘆した。

ゆうに二十畳はあるリビングは、上下左右にめいっぱい広げた窓から外の景色を眺められる。まるで大きな絵画に囲まれているみたい。今は葉の色が黄や赤色に染まっているが、夏は青々とした木々、冬は枯れ木に真っ白な雪が積もって美しい銀世界に変わると想像できる。

自然の景色だけでなく、リビング内の雰囲気も素敵。木の温もりを感じられるフローリングフロアや天井、薪ストーブ。北欧デザインのソファやカーテン、シーリングファンもとてもおしゃれだ。彼がここを気に入っているっていうのも頷ける。

「どう？　リビングからの景観も好きなんだ」

「わかります。だって本当に素晴らしいですもん」

「だろ？」

成さんは少年っぽく得意げに口の端を上げた。

恍惚としてリビングの真ん中に立っている間、彼は私の荷物も一緒に上階へ運んでくれていた。それからすぐに戻ってきて、今度はキッチンに向かう。

「なにか飲んでから出発しようか？」

「あ、手伝います。荷物運んでいただいてありがとうございました」

成さんのもとへ小走りで向かうなり、「ふっ」と笑われた。

「そうやって素直に感謝を伝えられるとこ、すごくいいよね」

「えっ。普通ですよ」

成さんだって、自然に相手を褒められるのはすごいなって思うし。

広々としたアイランドキッチンは、清掃が行き届いていてとても綺麗だ。

成さんがやかんに水を入れている間、ちらりと背面のカップボードに目をやると、旅館みたいにコーヒーや紅茶などが用意されていた。

「すごい。なんでも揃ってる」

「さっきの管理会社に依頼しておいたんだ。さすがに料理までは届かないけどね」

「そこまでになれば、グランピングになりますもんね」

くすくすと笑いつつ、私はティーカップを探し当てて二客出した。

その後、ダイニングテーブルで向き合って紅茶を飲んで、ひと息つく。カップをソーサーに戻し、おずおずと切り出した。

「あの、出かける前に……家の中を見て回ってもいいですか？」

私は今日までずっと実家暮らしで、部屋探しをしたことがない。そのため、年甲斐もなくわくわくしていた。よその家でそういった行為は失礼にあたるとわかっている。だけど、別荘なら許されるのではないかと思って。

成さんはきょとんとしてから笑いをこぼし、すっと立ち上がる。

「もちろんいいよ。一緒に見て回ろうか」

「ありがとうございます！」

一階にはＬＤＫの他、洋室がひと部屋と書斎、バスルーム。二階に上がると吹き抜けからリビングが見下ろせて、開放感がある。廊下の手前側にはユーティリティスペースだけでなく、ふたつめのバスルームまであって驚いた。

二階の洋室を三部屋見終え、感嘆して息を漏らす。

「とても贅沢なお家ですね。成さんが気に入っているっていうの、よくわかります」

先に階段を降りていく成さんが答える。

「うん。だけどもうまったく利用してないしって両親が手放そうとしてて。それで俺が譲り受けたんだ。ちょうどニューヨークから戻ってきてたし」

「昔から好きな場所って言ってましたもんね。それを守る行動力、すごいと思います。私ならきっと決断できないかも」

成さんが階段の踊り場で急に止まったのに合わせ、二段上で足を揃える。すると、彼は身体を半分こちらに向け、こちらを仰ぎ見るなり口角を上げた。

「俺、一度気に入ったものは手放せないタイプなんだ」

成さんの生き生きとした視線にドキリとする。

あまり見つめられたら、今の言動が意味深なものに思えてしまう。

うまく返答できずにいると、彼はいつもの雰囲気に戻って再び階段を下り始める。

「そろそろ紅葉でも見に行こうか」

「は、はい」

私は深く考えるのをやめ、意識を観光へと切り替えた。

まずは有名観光スポットへ。白糸のごとく流れ落ちる滝と、周りを彩る紅葉のコントラストが見事で圧巻だった。

確か小さい時に何度か訪れたはず。でも大人になってからだと自然の素晴らしさに感動した。都会では見られない紅葉のパノラマと水の音が心を浄化してくれる。

「写真と実物とは迫力が違いますね」

「色も音も香りも、実際に足を運ばないと得られないものばかりだからね。梓さんはニューヨークへは行ったことある？」

「いえ。昔、家族でロサンゼルスには行きましたがニューヨークはなくて」

「そっか。セントラルパークの紅葉もすごくいいよ。今度行こうか」

ニューヨークへ『今度行こう』ってごく自然に誘われたら、どんな反応をしたらいいのかわからない。私にとって、現状の関係は契約的なもので、期間限定だって思っている。だから、そんな風に迷いなく誘われると困惑する。

この人はなぜ、出逢った直後からこうやって前面に好意を見せるのだろう。目的を遂行するための戦略——ビジネスライクにやり過ごしているだけ……なのよね？

面映ゆい期待を警戒心が打ち消す。私は愛想笑いを浮かべて口を開いた。

「さすがシーズンとあって賑わってますね。道路も混んでますし」

「そうだね。そろそろ移動しようか」

複雑な思いを抱きながら踵を返した際、足元にハンカチが落ちてきた。クリーム色のハンカチを拾い上げ、今しがた横切っていった老夫婦をすぐさま追いかける。

「あの。こちら、落とされませんでしたか？」

声をかけると、夫人は私を振り返り目を丸くする。

「え？　あら、本当だわ。助かりました。これは大切なものなの。どうもありがとう」

「いえ。……あ」

夫人にハンカチを手渡した時、手提げバッグのファスナーにぶら下がっていたマスコットに目が留まった。

「そのチャームかわいいですね。私も好きなキャラクターです」

丸い目の愛らしい二頭身の白ネコが、魚を片手に抱えているキャラクター『もちマロ』だ。数年前からじわじわ人気が出ているゆるキャラで、私も流行当初からハマっている。

「ああ、これはこのハンカチと一緒に孫が誕生日にくれたものでねえ」

「それは大切なものですね。お渡しできてよかったです」

「あっ。少し待ってくださる？」

ペコッと頭を下げて去ろうとしたら、夫人に呼び止められる。女性はバッグの中に手を入れ、「ああ、あった」とにこやかに言った。

「あの……？」

「もしよかったら、これ。大したものじゃなくて申し訳ないけれど、お礼の気持ち。受け取ってくださる？」

夫人の小さな手には花紋折りの小箱がある。上部の中心は均等な幅で円を描くように折られていて、まるで花のよう。折り紙かなにかで作ったのだろう。でも、思わず見入ってしまうほどすごく精巧な作り。気軽に受け取るのは気が引ける。

「いいえ、私はたまたま拾っただけですし」

お礼をもらうほどのことをしたわけじゃない。ちょうど目の前に落ちたものを拾って、声をかけただけ。当然の行動を取ったまでだ。

「たまたまでも大切なものを拾っていただいたから。だけど、やっぱり迷惑かしら……？」

夫人は苦笑いを浮かべ、差し出した手のやり場に困っている様子だった。それを見て思わず両手をそっと伸ばす。

「いえ。では……ご厚意に甘えて、いただいてもいいですか？」

　すると、夫人がみるみるうちにうれしそうな表情に変わり、私の両手のひらに小箱を乗せる。

「ええ、もちろん。私が作ったものだから歪《いびつ》な部分もあるかもしれないけれど」

「やっぱり手作りだったんですね。すごく綺麗……。ありがたく受け取らせていただきます」

　目尻に優しい皺を作って微笑んだ夫人に、私も自然と笑顔になった。

　車に乗って、持っていた小箱のふたを開けてみる。中には数粒ずつ個包装された金平糖が詰まっていた。

「かわいい～」

　入れ物もさることながら、中身まで愛らしくてほっこりした。

「本当だ」

「この箱、内箱もしっかり作られてて売り物みたいですよ。すごいですよね」

　私は思いがけないプレゼントに歓喜する。

「よかったね。向こうも感謝して喜んでいたし。ああいう時に、迷いなく声をかけるのって意外にできない人もいるから、梓さんはすごいね」

「そんなのめずらしくないですよ、きっと」

首を横に振って謙遜すると、成さんは微笑ましく見てくる。ちょっと気恥ずかしくなりつつ外の景色を眺め、そのうち旧軽井沢銀座《きゅうかるいざわぎんざ》に着いた。

私たちはぶらりと歩き、ランチを済ませた。店を出て駐車場の方向へ歩みを進めていると、成さんが一軒の土産屋の前で立ち止まる。

「梓さん」

「はっ、はい？」

成さんはあの日以降、私を呼ぶ際は『さん』付けに戻っている。元に戻っただけ。しかし逆に、甘く呼び捨てられた夜の記憶を際立たせ、いつまた『梓』と言われるか気が気でない。呼ばれた時を想像しては、無駄に心拍数が上がっていく。

「あれって、さっき梓さんも好きだって言ってたキャラクターじゃない？」

動揺を押し隠し、彼が指をさす方向へ顔を向ける。

「えっ。わあ、本当だ！　すごい。軽井沢のキャラクターとコラボしてるなんて」

店内入り口付近に陳列されている商品を見て、思わず声をあげて駆け寄った。

成さんが見つけてくれたのは、さっき滝の前で会った夫人がバッグに付けていた、もちマロのグッズ。軽井沢町のキャラクターの着ぐるみデザインがかわいい。

「地域限定って書いてある！　〝限定〟ってズルい～」

つい成さんの存在を忘れ、ひとりテンションが上がってしまった。背中越しにくすっと笑われ、我に返る。

「すごい目が輝いてる」

「あっ……、ご、ごめんなさい」

子供じみたところを見せてしまった。

あたふたしていると、成さんは商品に手を伸ばし、優しい声色で聞いてくる。

「気に入ったのはどれ？」

「え、あ……いや」

「あー、全三種なんだ。じゃあ全部買っちゃおうか。他にも欲しいものある？」

さくさくと話を進められて戸惑う。

「えっ……いや、私が自分で」

「俺が買ってあげたいの。ダメ？」

「ダメってことは……すみません。ありがとうございます」

「うん」

あんまり意固地になって遠慮するのもかわいげないし、店先で迷惑かもと思って彼の厚意に甘えた。

車に戻ってから、買ってもらったキーホルダーを眺めては密かに頬を緩ませた。

車で観光地を巡っていくうち、あっという間に空が暗くなった。気温は一気に低くなり、トレンチコートを羽織る。

「昼に見た紅葉でも思いましたが、すっかり秋なんだなって実感しますね」

「そうだね。梓さん、それだけじゃ寒かったんじゃない?」

「大丈夫です。後半は屋内の観光が多かったので」

たわいのない会話を重ねていたら、上品にライトアップされた一軒のレストランに到着した。大きな三角屋根の北欧テイストの建物は、味があってとても素敵。

車を降りた途端、さっきよりも格段に冷たくなった風が吹いて首を竦める。足早に入口へ向かうと、ドアのデザインもかわいらしくて思わず見入った。

スニッカペールの木製ドア。色はミントグリーンで格子の小窓からオレンジ色の明かりが漏れ出ている。

成さんがドアを引いてくれたので、会釈をして先に足を踏み入れた。瞬間、暖炉特有の暖かさに包まれ、無意識に張っていた肩の力が抜ける。

高すぎない心地のいいドアベルの音と同時にドアが閉まり、成さんが隣にやってくる。入り口には数組待っている人がいることもあって若干狭くなっていたため、成さんとの距離が近くてドキッとした。

ちょうど店のスタッフの手が空いていないタイミングみたい。チラチラとこちらを気にする素振りは窺えるが、会釈をされるだけでエスコートされるまでには至らない。

「すごい賑わい……。もう満席かもしれませんね」

私が言うと、成さんはニコッと笑って答えた。

「ここは昔から馴染みの店で個室を予約してあるから大丈夫だよ。少し待とう」

「そうなんですね」

こんなに人気なお店なら、予約を取るのも大変そうなのに。

私は驚きつつ邪魔にならないよう隅に寄って、店内を眺めた。

ヴィンテージインテリアが映える店内。成さんの別荘の雰囲気と似てるけれど、ここはレストランなので華やかさがある。

その時、両手に料理を持った男性スタッフが前を通り過ぎる際に成さんに気付き、両足を揃えた。軽くお辞儀をして、申し訳なさそうに言う。

「鷹藤様いらっしゃいませ。お待たせして申し訳ございません。ただいまご案内に参りますので」

「ええ。大丈夫です」

成さんが柔らかな口調で答えたのと同時に、チリン、とドアベルが鳴った。

「うわあ。お客さんがたくさんだ。これじゃあきっとすぐには座れない。参ったな」

「あら……本当ねえ。渋滞の中迷ってようやく着いたのに……どうしましょう」

明らかにがっかりした男性と女性の声に意識を引かれ、入り口を振り返る。次の瞬間、私は目を丸くした。そこにいるのは昼間に小物入れをくれた老夫婦だったのだ。

「はあ。仕方ない……。他を当たろう。今日は観光でかなり歩いたし、早く休みたいだろう？」

「でもせっかく子供たちがここをオススメしてくれたのに……。それに他といっても、お父さんわかるんですか？」

「いや……」

がっくりと肩を落とすふたりは年齢もあってか、疲弊したように見受けられる。

私は老夫婦が踵を返すのを目に映したまま、急く《せ》気持ちで成さんの袖を引いた。

「成さんっ。わがままを言ってもいいですか？」

そして私は成さんに許可を得て、老夫婦の後を追いかけた。

和の要素も取り入れた上品なフレンチ。地産地消に取り組んでいて、味も一流の人気店——だったらしい。

あの後、成さんにお願いをして、私たちが利用するはずだった個室をあの老夫婦に使ってもらった。

当然、急な申し出に老夫婦のふたりも驚いて遠慮されたのだけど、こちらも『時間がなくなってしまったので』などと気を遣わせないようにして譲った。慣れない土地で渋滞にも巻き込まれ、疲弊しているふたりをどうしても見過ごせなかった。

まったく関わりのない人たちだったら、そこまで思い切った行動は取らなかった。けど、昼間に言葉を交わして同日に二度も遭遇したら、なんだか縁を感じてしまって。

……と、それはあくまで私の気持ちだ。

私は成さんの意見もきちんと聞かず、一方的にお願いをした行動を反省していた。

「あの……本当にすみませんでした。冷静に考えれば、成さんがせっかく用意してくださっていたお店だったのに……つい我慢できなくなって」

移動中、私は首を竦めて誠心誠意、成さんに謝った。

レストランで私が提案した時、成さんは目を丸くして固まった。それから、ひとつ息を吐いて『仕方がないね』とひと言呟き、スタッフに話をつけてくれたのだ。

いくら紳士的な成さんだって、わざわざ予約していたレストランを他人に譲ってほしいだなんて言われたら怒るよね。いや、きっと怒りを通り越して、呆れてものが言えないのかもしれない。よりによって一泊旅行中に、自ら気まずい空気を作っちゃうなんて。どうやって許してもらおう……。

どんよりした気持ちで項垂《うなだ》れていると、運転席の成さんがぽつりと尋ねてきた。

「さっきの判断、後悔してる？」

その質問はどんな回答を望んで投げかけたものなんだろう。

成さんの横顔を見ても、答えはわからない。

私は重い口を開き、正直な心境を吐露した。

「後悔っていうか……。ご夫妻があのレストランで食事ができたことは喜ばしいんです。ただ、成さんの気持ちをきちんと考慮しなかった自分の行動を猛省してます……」

「別に俺は怒ってないよ」

成さんの返答に驚嘆する。

なんて心の広い人なの？　私のせいで予定も狂ってしまったのに……。

「成さん……。本当に本当にすみません。ありがとうございます。なにかお詫びを」

「大丈夫。あの店はまた来ればいいよ。それに、今日がきっかけであの老夫婦が店を気に入ってくれたなら店側からしても顧客が増えてよかったと思うし」

彼は優しく笑って、フォローの言葉までくれる。私は高鳴る鼓動を感じた。

思いやりのある言葉だけでなく柔らかな表情まで向けられたら、胸が甘く締めつけられる。

成さんってもともと魅力的な人とは思っていたけれど、想像以上に完璧で脱帽する。

この件だって、最悪の場合喧嘩にだってなりうる。それなのに咎めもせず、あのご夫婦やお店のことまで考えられる余裕のある態度は、きっと誰も真似できない。

正直自制を心がけていたって、私も彼の魅力に惹かれずにはいられない。

「俺は梓さんのそういう思い切ったところが好きだな」

さらに信じがたいセリフを口にされ、たちまち顔が熱くなる。

どうして成さんは恥ずかしげもなく、こうさらっと……！ 海外にいると表現やアプローチがストレートになるって本当なの？ 危うく絆されてしまいそう。

リズミカルに跳ねる胸に手を当て、気持ちを落ち着かせる。

「えっ……と……あ！ 食事はどうしましょうね。この様子だとどこも混んでいる感じがしますし、いっそ別荘に戻ってなにか作りましょうか！　なんて……」

「ああ。そういう手もあるね。のんびりできていいかもね」

半分冗談半分本気で言ったことを、あっけなく受け入れられて唖然とする。

「いいんですか……？　せっかく軽井沢まで来たのに」

「もちろんいいよ。よくよく考えたらその方がふたりでゆっくり過ごせるし」

「な、なに言っ……」

相手が一枚も二枚も上手。気合い入れ直さなきゃ、彼のペースにまんまとはまっちゃう。間違って好きにでもなっちゃったら、しんどい思いするのは自分なんだから。気を引きしめなくちゃ。

「ははっ。余裕のない梓さんもかわいいね」

成さんはこらえきれないとでもいうように、声をあげて笑った。どうやら、必死に取り繕おうとしているのが見え見えだったみたい。

楽しそうな成さんを見ていたら、私の決意などすぐに鈍るのだった。

約二時間後。私たちは別荘で食事を済ませ、寛いでいた。

調理環境は整っているとはいえ、使い勝手は違うし時間もかけられないから、簡単なメニューにさせてもらった。

水に浸しておいて茹で時間を短縮する方法で、フライパンひとつでナポリタンを作った。付け合わせは、火を使わず野菜をただカットすればいいだけのバーニャカウダ。それと、インスタントのスープにパスタで余った具材を入れただけ。

本来いただくはずだったフレンチには到底及ばないものの、薪ストーブを間近で眺めながら食事をする時間は至福の時だった。

片付けを終え、ソファに座ってぼんやりとストーブの火を見つめる。ゆらゆら揺れる炎と、時折薪が立てる音に非日常を感じ、心身ともにリラックスしていた。

そこに成さんが二階から降りてくる。

「梓さん、二階のお風呂にお湯をはってるから」

「ありがとうございます」

「浴槽大きくてお湯たまるのも時間かかりそうだし、ちょっとだけ出かけない？　梓さんと行きたい場所があって」

「え？　今からですか？」

「うん。夜じゃないと意味がないんだ。わりと近くだから」

成さんに誘われ、トレンチコートを羽織って車に乗った。

十分弱走って林道に入り、車は停まる。フロントガラスの向こうには、三角屋根の木造の建物が見えた。

「着いたよ」

成さんはそう言って車を降りる。私も続いてドアを開けた瞬間、ひやりとした冷たい空気に肩を窄めた。やっぱり軽井沢は東京《とうきょう》と比べて気温が低い。

車を降りると建物に続く道があり、道沿いには雰囲気のあるランタンが等間隔で設置されていた。道の入り口に木の看板が立っている。

「……教会？」

「うん。キャンドルナイトをしているんだ」

私は成さんの後を追って、ぼんやりとしたオレンジ色の明かりを辿っていく。建物の前まで来ると、大きなステンドガラスに目を奪われた。

開放されていた片側のドアから「こんばんは」と、牧師が姿を見せた。私たちも挨拶をすると、「どうぞご自由にお楽しみください」と中へ促される。会釈をして足を進めた先には礼拝堂があった。

長椅子と祭壇、ステンドグラスがあるシンプルな教会だ。足元には祭壇に続くようにキャンドルが並べられていて、とても神秘的で美しかった。

ゆっくり歩いて回った時、壁にかけられていた額に目が留まる。格言のような一文がいくつも並んでいて、思わず見入った。それは人間の根本的な部分に問いかけるメッセージや、愛情についてのもの。

そのうちのひとつが、どこかで見覚えがあって思わず唸り声を漏らす。

「どうかした？」

「うーん、この七つ目の一文、なんだか知っている気がして……どこでだったかな」

【芽生えた恋は大切に丁寧にあたためて、愛を咲かす】

腕を組んで頭を悩ませていたら、成さんが言った。

「ああ。これはかなり昔から広告で使われているものだね」

「あっ、そうだ！」

言われて思い出した。電車内の広告でよく見かけていたんだった。あれはこの教会のものだったんだ。

「だったら、ここで挙式もできたりするんですね。広告の中には、ウエディングドレス姿の女性がモデルをしていたものもあったので」

一度思い出せば、何パターンかの画が頭に浮かぶ。自然の景観が多かった気がするけれど、ウエディング風景が一番印象に残っている。

「そうみたい。いいかもね。自然に囲まれた教会でっていうのも」

にっこりと笑って返された言葉にびっくりする。

こちらも軽率な発言だったとはいえ……成さんの言い方は、本当に私たちが結婚式を控えているみたい。

「もしよければ、裏庭もご覧になっていってください」

自意識過剰に陥りかけていた時、牧師さんに声をかけられてドキリとする。

「はい。ぜひそうさせていただきます」

どぎまぎしている間にも、成さんはまったく動じず礼儀正しく返答してくれた。私は優しい表情を浮かべる牧師さんを直視できなくて俯く。

私たちに向けられた笑顔が、恋人を祝福するもののように感じられて。

「じゃあ、せっかくだし外に出てみようか?」

「は、はい……」

礼拝堂を出て、奥へと歩みを進めていく。先ほど駐車場から教会へ続いていた道と比べ、明かりは少なめ。ぽつぽつと誘導するためだけに、最低限のランタンが置かれているみたい。

蛇行した道を十数メートル歩いていくにつれ、木々の隙間から光が見える。

さっきまで辺りが仄暗かったのに、徐々に明るさを増してきて期待が高まる。

小道を抜けて裏庭に着いた瞬間感嘆し、声が出た。

「うわあ……！」

地面に美しく曲線を描くキャンドルライト。アクセントで緑やピンク色の炎もあって、表現しがたい感動を覚えた。

ところどころピラミッド型に積まれていたり木の枝にぶら下げられていたり、とにかく美しい。瞬きをするのも忘れ、辺りの景色を眺めるのに没頭する。

軽井沢にこういった教会があるのも、こんなに素晴らしいキャンドルナイトを催してるのも知らなかった。キャンドルの中央に立っていたら、自分が地球上ではないどこかの世界に浮かんでいるみたい。

「想像以上です。こんなにたくさんのキャンドルが飾られてるなんて……本当に綺麗」

「うん。空気が凛とする中でいくつもの炎がゆらめくこの空間って、特別な瞬間だなって感じる」

木々の香りをほのかに感じ、澄んだ空気に触れながらキャンドルの海を歩く——確かに特別な時間。

私は恍惚として瞳にキャンドルを映し、ぽつりとこぼす。

「ありがとうございます。素敵な場所に連れてきてくださって」

昼間の疲れや夜の寒さも全部吹き飛ぶくらい、心を奪われる。

「いいや。俺が自分の好きな場所に好きな人を連れてきたかったんだ。それで梓さんも気に入ってくれたなら、こんなにうれしいことはない」

ふいに冷えた風が頬を撫でていった。しかし、車を出た時のような寒さを感じないのは、多分彼の熱のこもった目と言葉で身体が火照っているから。

成さんはまっすぐ私だけを見つめ続けている。その視線から逃れられなかった。

「どうしてそういうことを、さらっと……。まるで――」

そこまで言いかけて我に返った。

〝まるで、本当に私を好きみたいじゃない〟

こんなセリフを言ってしまったら、どんな答えが返ってきても戸惑うだけだもの。

どうにか取り繕おうと必死に考えを巡らせている時に、身体がぶるっと震えてくしゃみが出た。

「ごめん。寒かったよね。もう戻ろうか。車までこれ着てて」

成さんはスマートに自身が着ていたコートを脱いで、肩にかけてくれた。

「えっ。いいえ、大丈夫です。すぐですし」

「いいから。梓さんが着てて。俺、体温高いから平気なんだ。ほら」

刹那、彼が手を掬い上げ、きゅっと握った。指先まで冷え切っていた手は、彼の温もりに包まれる。温かさに安心するよりも、動揺と高揚で寒気など一瞬で忘れてしまった。

成さんはたおやかに微笑んで、そのまま手を繋いでいた。肩にかけられたコートからは、微かに成さんの香りがする。

鼓動がどんどん加速する。触れられている手が緊張で震えそう。

こんなの、意識するなっていう方が無理——。

踵を返す彼を無意識に見上げていた。私の視線に気付いた成さんは、足を止めてこちらを見る。

たゆたうキャンドルが彼の真剣な瞳を煌かせる。

心まで揺らめいて、目が離せない。

成さんは、そっと私の頬に手を添えた。それでもなお、私は指も足も、視線すらも動かせない。わかるのは胸がドクドクと高鳴っていることだけ。

柔らかな炎の明かりに照らされた精悍な顔が、おもむろに近付いてくるのがわかった。わかっていても、彼を避けず……気付けば静かに受け入れた。

私の冷たい唇を溶かすほど熱い唇。薪ストーブを彷彿させる、心が落ち着く温かみに数秒酔いしれる。しかし、ハッとして彼の胸を押し返した。

困惑していると、成さんは繋いでいる手を引き寄せ、真剣な眼差しを向けて言う。

「……この前、忠告したよね？」

成さんのひと言にギクリとする。

彼の前では、ずっとあの夜の記憶は忘れたふりをして過ごしていた。

「そ、それは……」

だって、成さんが魅力的すぎるから。しかも、平然とドキドキさせる言葉ばかり並べるんだもの。翻弄されるのは仕方ないじゃない。

心の中では言い訳を呟けても、実際にはひと声も出せない。せめて顔だけは背けないでいようと、懸命に成さんを見ていた。

雰囲気に流された。それだけ。

……そう思いたかったのに、どうして今でも胸が高鳴っていくの。

つい先ほど〝まるで、本当に私を好きみたいじゃない〟と問い質したくなったことを思い出しては、自分に当てはまると気付いて大きくうろたえた。

〝まるで、本当に私が彼を好きみたい――〟

感情が昂っていて瞳が潤む。次の瞬間、彼が私の顎に指をかけ、クイッと顔を上向きにさせた。

「そういうかわいい顔されたら止められないって言ったはずだよ」

端正な顔立ちの彼がわずかに眉根を寄せて言うや否や、再び唇が落ちてきた。

垣間見えた、理性が保てないとでも言わんばかりの歪んだ彼の表情が脳裏に焼きついている。成さんでもこんな風に冷静でいられなくなったりするのだと知って、心がきゅうと鳴った。

二度目の口づけは長く、濃く、蕩ける。

あまりに優しく、けれど情熱的に唇を求めてくるものだから、うっかり忘れてしまいそうになる。

この人は、ビジネスのために私を利用しようとしている。これは私に情を持たせようとしているだけ……。この甘美なキスは、全部仕事のためのもの。

頭の隅で自分を律しようとしても、彼が私を本当に求めているみたいに丁寧に堪能するキスを繰り返す。

甘い疼きに理性を手放してしまいそう。

「──梓」

「ん……っう」

少し苦しそうな声で私の名をこぼし、すぐさま口を覆う。

彼が私の名前を親しげに呼んだのは、これで二度目。想像以上に胸にくる。

熱く深い口づけは、いよいよ私のなけなしの理性を溶かす。

これが演技なら到底敵わない。腰を支えられている手に、胸の奥がきゅうと切なく締めつけられる。

とめどなく重ねられる唇に夢中にさせられ、時々舌を吸われてはこれまで知らなかった情欲をかき立てられて、甘ったるい息を漏らしていた。

潤んだ瞳を彼に向ければ雄々しい表情をしていて、さらに動悸が激しくなる。するっと頬を掠められただけで、私は声を小さく漏らし、ついに膝の力が抜けた。

成さんは瞬時にキスを止め、身体を支えてくれる。

「ごめん。やりすぎた……梓があんまりかわいいから」

すっかり骨抜きにされた私は、頬を赤らめるだけ。

成さんはひょいと私を抱き上げ、耳元で囁く。

「続きは戻ってから」

低くしっとりとした声が、さらに脈拍を速くする。同時に【芽生えた恋は大切に丁寧にあたためて、愛を咲かす】の一文が頭に浮かんだ。

私……成さんのこと……。

心の奥から顔を覗かせた本心は、いっそう私を翻弄する。彼に抱えられた状態は恥ずかしかったが、全身の力が入らない。

結局為す術なく、私は温かい胸に頬を寄せていた。


「お風呂沸いてるよ。冷えただろう？ 先に温まっておいで」

別荘に戻ってすぐ、お風呂をいただいた。

一坪半くらいのゆったりした広さのバスルームは解放的で天窓もついている。しかし私は、星空も見ずに大きなバスタブの中で背を丸めて膝を抱えていた。

そして、やおら唇に触れる。

『続きは戻ってから』

成さんの声が耳の奥に残っている。

なにが起きたのか、頭の中が混乱して冷静でいられない。

キスされるとわかっていて……逃げられなかった。ううん。あえて逃げなかったのかも……。だって……だって。誰だって錯覚しちゃうよ。あんなシチュエーションで次々と甘い会話してくるんだもん。しかも、すごく情熱的なキスで……。さながら好き合っているみたいだった。

いたたまれなくなって、お湯を掬って顔にかける。一度じゃ足りなくて、二度も三度も繰り返した。

口づけられた感触はもちろん、彼に熱を灯された時のドキドキが鮮明に蘇る。この感情を何回も反芻していれば、本当に引き返せなくなりそう。

頭を振って、なにげなく顔を上げた。すると、満天の星空があることに気付く。しばらく眺めていると、ほんの少し落ち着いた。

私、雰囲気に流されたわけではなくて、本気で彼を意識し始めてる。それがはっきりしたせいで、身体が温まっていてもなかなかバスルームから出られない。

だって、成さんの前にどういう顔をして戻ればいいかわからない。


十五分後。

バスルームを出た。階段に向かう途中、吹き抜けから階下にちらりと目を向けると、ソファに座ってテレビのニュースを眺めている成さんの姿が見えた。

「お待たせしてすみません。お風呂どうぞ」

「ゆっくり温まれた？」

「はい。おかげさまで。お風呂に入りながら星を見れるなんて贅沢ですね」

「うん。だからいつも二階のバスルームを使うんだ。じゃあ俺も行ってくるよ」

成さんはリモコンでテレビを消し、ソファを立って二階に上がっていく。私はリビングにひとりになって、「ふう」と脱力した。

薪ストーブの前に行き、床に腰を落とす。ぼんやりと薪が燃える光景を目に映し、平静を装ってはいても心臓がドクドク鳴っているのを感じていた。

成さんはもうすっかり普通に戻っている。

彼の言動よくよく思い返したら、女性に対してああいう態度を取ることに慣れている気がしてきた。彼は海外生活が長かったというのも、そう思うひとつの理由。

対して私は豪語できるほどの恋愛経験もなく……一線を越えたことがない。キス止まりだ。あんな風に膝にくるほどのキスは生まれて初めての経験だった。

だから、鮮烈に刻みつけられた。成さんの力強い腕も、少し強引な指先も、柔《やわ》く温かい唇もなにもかも。

寒いわけでもないのに、ぎゅうっと自分を抱きしめる。

私は友恵ちゃんの代わり。この感情は一過性のもので、彼の目的は〝時雨〟――。

何度も心の中で唱えて、少しずつ気持ちを落ち着かせる。

なにもせず座っているのも限界で、気を紛らわせるためにバッグを手に取った。中から土産屋で買ってもらったキーホルダーと、行きずりに会った夫人からいただいた小箱を取り出す。金平糖の袋をひとつ開けて、ひと粒口に入れた。

金平糖なんて食べるのいつぶりだろう。懐かしさに自然と頬が緩む。幾分か気持ちが和らぎ、お気に入りのゆるキャラを三つ並べた。

数分後、成さんが戻ってくる。

「お待たせ。今日は疲れたでしょ？　もう休もうか」

「はい。そうですね」

成さんはやっぱり自然な態度で、意識してるのは私だけ。

心を無にすればいいんだ。眠って明日の朝になって東京に帰れば、日常に戻る。仕事に没頭していれば、なおさら余計なこと考える暇はなくなるはず。

呪文のように心の中で何度も唱えつつ、成さんについて二階に上がる。

部屋は三つあるけれど、ここでもルールは続行されてるだろうから、きっと同室で休むんだよね。

割り切って成さんに続いて手前の部屋に入った。ベッドはセミダブルがふたつ。成さんの自宅よりはお互いの距離が取れそうで、内心ホッとする。

『次は止められない』と宣言されて以降、物理的な距離は取ってきたつもり。しかしながら、ベッドでは手を伸ばせば届く近さで、毎晩ハラハラしていた。成さんが寝返りを打つとベッドがわずかに振動して、そのたびにドキドキして……。そういったことは、今夜はなさそう。

「ベッドは好きな方を使っていいよ」

「じゃあ……奥側に行きますね」

そう言ってベッドに移動し、腰を下ろした。すると、成さんはベッドサイドランプをつけて、部屋の照明を落とした。そして私の横に座る。

一気に緊張感が高まる。さらにこちら側に片手をついてスプリングが軋むのを感じては、ドクンと心臓が大きく脈打った。

ベッドがふたつあるのに、ここに座る理由なんてひとつ。

咄嗟に固く目を瞑り硬直した。……が、予測していたアクションがなにひとつない。

困惑状態でいたら、成さんが苦笑交じりに優しく言った。

「……梓。そんなに怖がらないで。なにもしないから、目を開けて」

恐る恐る瞼を押し上げ、真横に座る成さんを見る。

「どうやら俺だけ舞い上がってたみたいだ。ごめん」

彼は気まずそうに笑った。

舞い上がっていたわけではないにしても、私も意識はしていた。でも、彼の言葉を簡単に否定はできない。だって彼を受け入れることになる。

ここで距離を取れば終わる話。あくまで疑似夫婦であって、私は身代わりで、結婚は刹那的なもの。成さんの策略には嵌まらず、この関係をうまく清算する。

機械的に考えていた矢先、ふと今日一日一緒に過ごした時間が思い出される。

観光している時も、落し物を拾ったお礼をもらった時も、レストランの予約を譲ってあげたいとお願いした時も……教会で感動していた時も。

成さんは全部包み込むような温かな笑顔で返してくれた。そんな彼に、今悲しげな顔をさせている。彼は私のために、いろいろとしてくれたのに……。

複雑な思いが絡み合って申し訳ない気持ちが湧き上がり、無意識に彼の袖口を摘まんでいた。

直接触れるのは憚られる。けれども、寂しい表情の成さんを見て見ぬふりもできなくて、気付けば指先を伸ばしていたのだ。

この感情の名前はなんなのかわからない。

瞬間、肩を掴まれ上半身を倒される。あっという間に視界が変わり、成さんに見下ろされた。

成さんは両手を捕らえ、怜悧な瞳で諭す。

「梓。半端な同情は危険に晒される可能性があるって覚えておいた方がいい。それとも……さっきの続きをしてもいいの？」

追い詰められるとともに焦慮に駆られる。

しかし、押さえつけられている手は、抵抗すればすぐに抜け出せそう。多分成さんはわざと逃げ道を用意している。

私を見下ろす彼の眼は悪ふざけには思えない。正直、彼にこうされてときめいてさえいる。それでも手放しで飛び込んでいけないのは、彼の本心がわからないから。

『好き』と言われても信じ難くて、素直に納得できていない。

感情と理性がせめぎ合い、すぐには答えなど出せなくて、私は横を向いて再び目を閉じた。

押さえられた手にゆっくり重みがかかるのを感じる。同時に、視界を閉じていても顔が近付いてきているのを察した。

神経が昂っていて敏感になる。彼の息が頬に当たったのを感じ、さらに動悸が増していく。

「こういう方法でお互いの相性を確かめれば、自分の気持ちを知るには手っ取り早いかもね。それに、強制的に頭の中を俺でいっぱいにさせられる」

ポソッと耳孔に囁かれた途端、眉根を寄せて肩を上げる。これから起きることを想像し、高鳴る鼓動に攪乱された時。

「でも、やっぱりやめた」

成さんのひと言にぱちっと目を開け、仰ぎ見る。

成さんは掴んでいた手を解放し、ベッドから立ち上がった。私は混乱しながら身体を起こし、彼を凝視する。

次は止めることはないような言い方をされていたのもあって、絶対にこのまま最後まで……と思っていた。

成さんは拍子抜けする私を見て、苦笑いを浮かべる。

「君の自由を奪ってまで自分のものにしたところで、俺の心は満たされない。君が本心で俺に抱かれたいって思ってくれなきゃ意味がない」

正常に頭が動かぬまま心臓はバクバクいっていて、手の感覚もない。

ベッドの上で茫然としていると、成さんはあっさりと隣へ移動し、ベッドサイドのランプに手をかけた。

「寝ようか。湯冷めしないようにね。おやすみ」

ふっと最後の明かりが消えて部屋は暗くなり、しんと静まり返った。私はもぞもぞと布団の中に入り、成さんに背を向ける。

押し倒された直後に、すんなり眠れないよ。

彼に触れられた腕をそっと掴み、さっきのことを繰り返し再生しては考え続ける。

途中でやめてくれてホッとした反面、複雑な心境にもなっている。

どうしても彼の好意は裏があるはず、と考えちゃう。私たちは政略結婚だもの。きっと結婚生活を円滑にするために、私を手懐けたいんだ……って。

彼の優しさに慣れて思い違いをしたら、憂き目を見るのは私。しっかりしなきゃ。

冷静さを取り戻し、深呼吸ののちゆっくりと瞼を下ろした。

休日も終わり、月曜日になった。

多くの人は週明けの仕事にため息をついているかもしれないが、私は日常が始まり安堵していた。仕事に没頭すれば、他のことを考えずに済むから。

昨日、成さんとふたりで軽井沢から東京に戻ってきた。彼は前夜の出来事などなかったみたいに普通に接してきて、帰り道にスーパーに寄って食材を買い、帰宅した。

マンションに着いてからも、拍子抜けするほど元通りだった。

油断をしていたら、成さんとのキスやあれこれが思い出される。

記憶に新しいのもあって、一緒に過ごした時間やキスの感覚が全然薄れる気配がない。鮮明に思い出せてしまうから、そのたび密かに悶絶していた。

ここはオフィス。仕事中！　雑念を取り払わなきゃ。

抱えていた資料作成に集中し、昼休憩前に朝倉さんのもとへ足を向けた。

「朝倉さん、お疲れさまです。お忙しいかと思って、資料打ち出しておきました。あとでメールでもデータを送りますね」

「おお。サンキュ。あ、そうだ。ずっと忘れてたんだよな。これやるよ」

朝倉さんは顔を上げるなりデスクの引き出しを開け、なにかのチケットを取り出す。

「え？　なんですか？　サービス券？」

受け取って見てみると、レストランの優待券だった。店名を確認し、ピンとくる。

前に朝倉さんについていった取引先のすぐそばにあるお店だ。おしゃれで賑わっていたから、目に留まったのを覚えてる。

「そー。この間の取引先からもらった。俺、使わないから時雨もらって。もしかしたら期限迫ってるかもしれないけど」

チケットの期限は明後日の水曜日まで。

虎ノ門《とらのもん》かあ。マンションに帰るのにはちょっと遠回りになるけど……今日は成さんも遅くなりそうって聞いてるし……行っちゃおうかな。

「ありがとうございます。お言葉に甘えて、いただきます」

私は頭を下げ、浮き立った気持ちで休憩に入った。


定時を迎え、オフィスを出る。

お昼に数人の友人に声をかけてみたものの、急だしみんな都合がつかなかった。

悩んだけれど、成さんのマンションにひとりでいたらいろいろと考え込んでしまいそうだし、予定通り行こうと決めた。

新橋《しんばし》で地下鉄に乗り換えて、レストランの最寄駅に着いたのは六時頃。十月にもなると、すっかり陽は落ちてしまった。

辺りの景色を眺めながら歩く。電球色に照らされたおしゃれなカフェに興味を惹かれ、無意識に店内に目を向けた。すると成さんらしき人を見つけ、思わず足を止めた。

そういえば、成さんの勤務先は日比谷《ひびや》だったはず。この辺りから近いので彼がいてもおかしくはない。

素通りすればいいものを、咄嗟に近くにあった街路樹に身を潜め、こっそりと店内を窺った。そして向かい合って座っていた女性が顔を上げた瞬間、目を剥く。

——友恵ちゃん……！

思いもよらぬ組み合わせを目の当たりにし、絶句する。

友恵ちゃんがなぜ成さんと？　いったいどうなっているの？　実家に戻ったの？

次から次へと疑問が湧き出て、心がざわついた。

どちらにせよ、彼女が成さんに会いに来る理由は見当もつかない。

友恵ちゃんからは、なにも連絡はなかった。私より成さんを優先している事実に衝撃を受ける。

だけど、このショックはどっち……？　仲がよいと思っていた友恵ちゃんが私に相談してくれなかったこと？　それとも、成さんが私と結婚までしたのに、今になって友恵ちゃんと会っていること……？

その時、突然友恵ちゃんが成さんに向かって頭を下げた。窓越しじゃ、当然なにを話しているかわからない。

気付けば息を止めていた。徐々に苦しくなって、深く息を吐く。夢中になってふたりを見ていたら、数分が経過していた。

今度は成さんがずっと話をしている様子だけど……。もしかして、友恵ちゃんを説得してたりする？　もともとのお見合い相手は友恵ちゃんだったわけだから。

勝手な想像をしてふたりを眺めているうち、いたたまれなくなってきた。

もうやめようと顔を背ける直前、笑顔の成さんが視界の隅に入った。どうしても気になって友恵ちゃんを見れば、彼女もまたさっきまでとは違って打ち解けた雰囲気を感じる。

私はそんなふたりの姿を最後に、カフェから目を逸らして踵を返した。レストランへ行く予定だったのも忘れ、足早に来た道を戻る。

全然わからない。ふたりがどうして会っていたのか。今日が初めてなのか、それとも何度もああして会っていたのか。どんな会話をして笑い合っていたのか、想像もつかない。

友恵ちゃんは付き合っている相手がいるって言ってた。彼女が私に嘘をつくとは思えない。でも、成さんは？　彼について、実際まだなにも知らないも同然。嘘をつけるような人なのか、真面目な人なのか……。私は、なにも……。

駅の入り口が見えたところで、ぴたりと立ち止まる。

別にふたりがどんな関係だって構わないはずじゃない。そもそも友恵ちゃんと成さんが出会うはずだったわけだし、私はそこに巻き込まれただけ。

友恵ちゃんは私と違ってとても魅力的だから……成さんは友恵ちゃんに直接会って、彼女がいいって思っているんじゃないかな。


本当は成さんのマンションに帰ってくるのは気が引けた。けど、話がどう転がるにせよ、最後はきちんと顔を見て話をしなきゃならないなら……と覚悟を決めてここへ戻ってきた。

夕食は当然喉を通らず、成さんの帰宅を待った。

こうも気落ちする必要はないはずでしょう？　少し前まで、一日でも早くこの契約を解消して、すっきり繋がりを絶って家に帰るのが目的だったのだから。

何度そう頭の中で言い聞かせたか。しかし気持ちは重いまま。

成さんが帰宅したのは、それから約一時間後。

玄関の鍵が開く音にドキッとして、思わずダイニングチェアから立ち上がった。

「ただいま」

「おかえりなさい。お疲れさまです……」

「梓も。お疲れさま」

軽井沢旅行から、彼の私の呼び方は完全に『梓』で定着した。そんな些細な変化ですら私を翻弄する。

「今日、友恵さんと会ったよ」

成さんは上着を脱いで腕時計を外しながら、さらりと言った。

あまりにあっさり申告された事実を受け止めきれない。拍子抜けして、なにも返せず固まるだけ。

成さんはネクタイを緩め、軽く目を伏せて続ける。

「実際に会ったのは初めてだけど、想像通りの女性だった」

チリッとした焦燥感が心の中で顔を覗かせる。

「物静かな雰囲気だけど、ここぞという時の行動力は梓と同じかもね。さすが従妹だけあって、顔立ちもどことなく似て……」

「似てません」

私はぽつりと言って、彼の言葉尻を遮った。

成さんの発言で、疑念が確信に変わってしまった。……いや。本当はわかっていたけど、知らないふりをしていたかった。

この感情は、明らかな……嫉妬と独占欲。

「だ、だって、私たちはよく正反対だって言われてて。私と似てるなんて言えば、友恵ちゃんに……失礼ですし」

どうしよう。頭も心もぐちゃぐちゃだ。さっきから、成さんの目を見られない。

「あず──」

「ごめんなさい。私、今日なんか疲れちゃってて。先に横になっていてもいいですか？　実はもう寝るところだったんです」

呼ばれかけたのも気付かぬふりして、無理やり口角を上げた。

「そっか。いいよ。おやすみ」

私は「ごめんなさい。おやすみなさい」と会釈して、そそくさとリビングを後にする。そのままベッドルームへ足早に向かい、枕に顔を埋めた。

ああ。失敗した。こんな感情が芽生えるなんて。

自分はもう社会人になって、しっかりしてるって慢心していた。男女のこととなれば、いくら普段は落ち着いていたって冷静さを失うのがセオリーなのに。

そもそも、期間限定の関係を持ちかけられて了承したのが悪かったんだ。甘く考えすぎていた。それと、自分は大丈夫って根拠のない自信をどこかで持っていた。恋愛経験も大してないくせに。

友恵ちゃんについて涼しい顔で話す成さんを思い出す。

土壇場になって、これまでの言動は全部仕事の延長上の建前だったとはっきりさせられるのが怖くなった。

私に触れたのも、『好き』って言葉も、キスも……私が『時雨』という名前だから。

わかっていたはずなのに、どうしてこんなに傷ついているの。

自分が恥ずかしくて、ギュッとシーツを掴んだ。

成さんは約束を守る人だと思う。

だけど、私との結婚に彼の感情は存在してない。

気付けば朝になっていて、隣を見ればすでに成さんの姿はなかった。

ぎくしゃくした思いを抱えたまま、朝の支度を済ませて出社する。

朝から何度かスマホを確認しているけれど、友恵ちゃんから連絡はない。

重い気持ちで出社した早々、ものすごい勢いで稲垣さんが私のもとにやってきた。

息せき切ってくるものだから、きょとんとして尋ねる。

「ど、どうしたの……？」

「時雨さんっ。もー、なんで教えてくれなかったんですか！」

私は話の内容が掴めず首を傾げた。彼女はどこかにやけ顔で、バッグの中を探っている。稲垣さんの表情から推測するに、悪い話ではなさそうだけど……。

彼女が取り出したのは経済雑誌。

「経済雑誌なんて読んでるの？　すごいね」

「いえ！　これは思わずもらっちゃったんです！」

「思わずもらった？　どういうこと？」

「彼氏が買った雑誌なんですけど。えーと」

話が読めず困っていたら、稲垣さんはいそいそとページをめくってなにかを探している。数秒後、目的の箇所を見つけたらしく、見開きのページを見せられた。

瞬間ぎょっとした。誌面に載っているのは——成さんだ。

稲垣さんは興奮気味に捲し立ててくる。

「これです！　いづみ銀行次期頭取の鷹藤成！　この人、時雨さんの彼氏ですよね？　私、日曜にたまたまふたりで買い物してるところを見かけちゃったんですよ～」

目撃していたとたたみかけられ、青ざめた。咄嗟のことで、言い訳が浮かばない。

「すごいカッコいいから、声かけるのも忘れてつい見とれちゃって。そしたら、昨日彼氏の家にあったこの雑誌に同じ人見つけて！」

テンション高めな稲垣さんを前に、必死に日曜の行動を思い返す。

軽井沢からの帰り道、確かに買い物はした。だけど、特に恋人同士だと決定づけるような行動は取っていないはず。ただ休日にふたりきりで過ごしていたのは本当だし、言い訳にも無理があるかな……？

彼女は【いづみ銀行次期頭取　鷹藤成】と打ち出されたインタビュー記事のページに手を置き、いまだに興奮している。

「うちの系列の『SHIGURE』と関わりがあるみたいですね！　私の彼がいろいろ言ってたんですが、鷹藤さんってすごいんですよね？　えっと、確か業績の悪い取引先をいくつも立て直してきた……？　とかなんとか」

稲垣さんの口から次々と語られる成さんの情報は、私の知る彼とはまるで違っていて、どこか距離を感じる。やっぱり、私の前での彼は作りもので、こうしてビジネスを成功させている輝かしい経歴を取り上げられている彼が本来の姿なのかもしれない。

すっかり忘れていたけれど、成さんって世間では注目されている人なんだった。稲垣さんはたまたまとして、今後彼の露出は増えていくはず。なにか変な噂される前に、早く私たちの関係に決着をつけた方がいい。

「イケメンで仕事もできるなら、こうして大きく取り上げられるのも頷けますね。そして、つい忘れちゃうけど時雨さんは会長の孫娘なんですもんねー。相応の彼がいて当然かあ」

嬉々として話す彼女へ静かに返す。

「違うよ。鷹藤さんは……従妹と縁談の話があったみたいだから」

「えっ。そうなんですか？」

嘘は言ってない。むしろ、今の私と成さんの関係が嘘だもの。

「時雨さんの従妹ってことは……確か、本社社長に娘さんいらっしゃいましたよね？本社社長のご令嬢ですか？　なるほど〜。お似合いですね」

「だけど、この話はまだ……」

「あ！　わかってますよ。こう見えて、口は堅い方なので！」

稲垣さんは、きゅっと口を引き結んで見せる。私が苦笑してデスクに向かおうとすると、彼女が不思議そうな声を漏らした。

「あれ？　でもじゃあ、なんで日曜は時雨さんと彼が一緒に？」

「私、従妹と仲がいいから……よく会うの」

「ああ。つまり、三人だったんですね〜。私、社長の娘さんの顔は知らないから気付かなかったのかあ」

どうにかうまくごまかして、今度こそ席に着く。周りに気付かれないように、重苦しい息を吐いた。

胸が軋む。嘘を重ねてしまった罪悪感と、でも本来はそういう話だったのだから、と正当化する思いが交錯した。

やっぱりダメだ。今夜、成さんとのことをきちっとして実家に戻ろう。


一日の仕事を終えて、首をゆっくり回す。デスク周りを片付けて席を立った。

部署を出てエレベーターホールに向かう。エレベーターに乗って扉を閉める時に稲垣さんが小走りでやってきたので、『開』ボタンを押した。

稲垣さんは「ありがとうございます」と言ってエレベーターに乗ると、コンパクトミラーを取り出して入念にメイクや髪型をチェックしている。

「今日もデート?」

「はい。お互い会社がわりと近くて。ラッキーです」

仕事後とは思えないほど、元気に笑みを浮かべる彼女は素直にかわいいと思った。

一階に着いてロビーを抜ける。オフィスから出てすぐ、隣を歩いていた稲垣さんが声をあげた。

「あれ？　あの人って……例の鷹藤さんじゃないですか？　なんでここに？」

彼女の言葉を聞き、パッと彼女が見ている方向へ目を向けた。視線の先にいる人物は紛れもなく彼だった。

スタイルのいい体型で容姿が整った成さんは、目を伏せて腕時計を確認しているだけなのに周りの女性に注目されている。

成さんは私と稲垣さんが立ち止まって見ていたのに気付き、形のいい唇に薄っすらと笑みを浮かべた。

「梓」

私の名を呼び、軽く片手を上げる。稲垣さんは驚いた顔をこちらに向けた。私は急には言葉を出せず、彼女の視線に小さく首を横に振るだけ。

だって、本当に約束はしていなかった。彼がここにいたのは不可抗力だもの。

私たちの前にやってきた成さんは、まず稲垣さんと向き合って会釈した。

「初めまして。鷹藤と申します」

「稲垣です。時雨さんにはお世話になっております。あの……経済誌を拝見しました！　それと近々ご婚約されるんですよね？　おめでとうございます」

稲垣さんは舞い上がったのか、いつも以上にペラペラと口を動かす。

それはいいけど、内容がまずい。彼女は無邪気に笑っているが、私と成さんは硬直している。

成さんはびっくりした顔をして、私を一瞥する。私はというと、気まずさのあまり、ふいっと目を逸らしてしまった。

「いいなあ、時雨さん。こんな素敵な人が親戚になるだなんて。羨ましい」

「……親戚に？」

「え？　そうなりますよね？　時雨さんの従妹と鷹藤さんがご結婚されたら」

成さんが訝しそうに尋ねると、稲垣さんはさらりと答えて笑顔を振りまいた。

完全にアウト。言い逃れできない。胸の奥がざわざわと嫌な心地に襲われる。

黙って下を向いていたら、ゆったりと丁寧な口調で成さんが答えた。

「ああ。なるほど。確かにそうなりますね。私が彼女の従妹と結婚した場合は……」

彼のやたら柔らかな声音が私を戦慄させる。

「今日は梓さんに相談があって来たのですが……もしかして、タイミングが悪かったでしょうか？」

「いいえ。私は時雨さんにここまでご一緒させていただいただけなので。じゃあ、私はこっちなので失礼します。お疲れさまでした～」

事情を知るはずのない稲垣さんは、私を置いて颯爽と帰っていった。

ふたりきりになって、しんと静まり返る。

なにを言えばいいの……？　それよりもまず、顔すら上げられない。

俯いていたら、成さんが口を開く。

「車。近くに置いてあるから」

「は、はい……」

私はおずおずと成さんの後をついていく。

車に乗って向かうのは、成さんのマンション。

車内ではお互いずっと沈黙で、重たい空気の中、夜の街を駆けていった。

マンションに到着してもなお、成さんとはひと言も交わしていなかった。

成さんは解錠して玄関に入るなり、先にリビングへ行ってしまった。私も靴を脱いでリビングの入り口まで歩みを進めたものの、中に入るのを躊躇した。ここへ入れば、否が応でもさっきの続きが始まってしまう。

今さら抵抗したってなんの意味もないと頭ではわかっている。でも理屈じゃなくて、彼と話し合うのが怖かった。

「なにしてるの？　早くこっちへ」

成さんに声をかけられても、足は素直に動かない。

すると、成さんが私のもとへやってきて腕を掴んだ。そのままリビングに連れられて、やや乱暴にソファに座らされる。

成さんはスーツの上着を脱ぎ、ネクタイを緩めて引き抜く。その音がやけに耳について、肩を竦めた。

――怒ってる。だけど、もはや彼はなにに対して立腹しているのか、頭の中が混乱してしまって落ち着いて判断できない。両膝に手を置き、息を潜めて出方を待つ時間がとてつもなく長く、苦しい。

すると、成さんの足が静かに近づいてきて、目の前で止まった。

「さっきはものすごく驚いたよ。昨日の梓の様子がどうも気になって迎えに行ってみれば……友恵さんと俺が結婚するって、どういうこと？」

蛍光灯を遮られ、彼の影に覆われる中、必死に喉から声を絞り出す。

「そ、そうなるはず……だったから、つい」

はっきりと、『ふたりが結婚する』とは断言していないとはいえ、同様のことを稲垣さんに話した。軽率だったと反省する半面、それ以外に私と成さんの関係を欺く方法が浮かばなかった。

「彼女との縁談はなくなった。代わりに梓がここにいる。違う？」

成さんが放った『代わりに』のワードが胸に刺さった。

やっぱり、私はあくまで代わりなのだと突きつけられて、ショックを受ける。

グッと手を握りしめ、乾いた唇をゆっくり開く。

「……違いません。だけど、昨日友恵ちゃんと会ったんですよね？」

友恵ちゃんから会いに行くとは考えにくい。つまり、成さんからコンタクトを取ったのだと考えたら……それは、彼の正直な気持ちなのだと思った。

「会ったよ。ただ、あれは彼女が一方的に俺を尋ねてきただけで、俺から接触したわけじゃない」

「えっ……」

成さんの話を聞いた瞬間、思わず顔を上げた。

友恵ちゃんから……!?

自分の見解が大外れして動揺を隠せない。混乱していると、成さんが怜悧な目で言った。

「もしかして、今になって俺が彼女との縁談を仕切り直そうとしてるって思ったの？」

成さんに問い質され、つまりはそういうことだったと改めて認める。

「だって……他に……会う理由が見つかりません」

「さっきも言ったけど、会いにきたのは向こうで俺じゃない」

成さんは言下に否定し、私をジッと見つめる。

「彼女は俺に、お見合いに応じられなかったのは自分の責任だから、梓を巻き込むのは困るって言いに来ただけだよ」

友恵ちゃんが成さんに会いに行った理由を聞き、驚倒した。

「梓、彼女にビジネスで俺と一緒に暮らしてるって話したんだって？」

そう言われれば、そんな風に説明していたかもしれない。友恵ちゃんとの最後の電話は途中で成さんが帰ってきたのもあって、詳細に説明はできないままだった。

「あ……期間とか……三カ月と決まっていますし、それ以外の理由が見当たらなかったから」

私が答えた後、成さんは急に項垂れて長い息を吐いた。ハラハラとして彼の動向を窺っていたら、ふいに真剣な両眼を向けられた。

「理由なんて、初めから梓に何度も伝えているだろう。俺はてっきり、理解して三カ月俺と一緒にいることを承諾してくれていたと思ってた」

悲しそうな表情を浮かべた成さんに、胸がきゅっとなる。

彼は片膝を折り、私と同じ高さの視線でさらに言葉を紡いだ。

「個と個の付き合いをしてみようって言った。そこにビジネスはない。君に俺を好きになってもらう――理由はそれだけ。ここまで言っても、まだわからない？」

成さんの熱い眼差しに鼓動が早くなっていく。

さっきまで怒りを滲ませて見下ろしていた彼が、切願するような瞳で私を見上げている。今伝えてくれた言葉もだけど、なによりも成さんのその目が私の心を動かす。

成さんはふっと目尻を下げた。

「その顔は……ようやく俺の気持ちが届いたみたいだね」

そう言って手を重ねる。

「でっ、でもやっぱり、私のどこがって……」

「なんにでも一生懸命で真面目なとこ。気が優しく人がよすぎるところも愛らしいよ。健康的な肌の色も、大きな目も、小さな耳も好きだ」

私がこぼした疑問に、彼は私の耳に触れ、甘く妖艶に答えた。

低く艶やかな声としなやかな指先に胸が高鳴り、心臓は信じられないほど大きく速く脈を打つ。ドキドキしすぎて涙が浮かぶ。

成さんは、硬直する私の唇に指を置いた。

「ここは最近知った好きなところ――」

言い終えるかどうかで、あっという間に塞がれた。食べられてしまう感覚に溺れ、彼の熱い舌に酔わされる。

「ん、ふぅ……んん」

繰り返される唇への愛撫に、彼の腕に添えた手の力が抜け落ちていく。自分の身体を支えきれないほど蕩けさせられて、ソファの上に倒れ込んだ。

私を真上から見下ろす成さんは、自分の濡れた唇を親指で拭う。その様がまたセクシーだった。

「柔らかな感触と甘い味……かわいい声と色っぽい表情に、ますます夢中にさせられる。何度も欲しくなる」

恥ずかしいことを言われてるのに、喜んでいる自分がいる。

彼がまた私に影を落としてくるのをギリギリまで見つめ、鼻先が触れた瞬間、目を閉じる。ちゅっ、ちゅっと小鳥のように啄むキスを繰り返し、次第にまた、長く深い口づけに変わっていく。

もう唇の感覚も麻痺しそうと思ったところで囁かれた。

「ねえ。好きでもない男にキスされたら、そんな表情にならないと思うんだけど」

そうしてまたすぐ、唇を重ねる。

「ん……ッ」

「それとも、俺の都合のいい思い込み？」

「んう」

「ね、梓……」

成さんはキスをしては色気を含んだ声を落としを繰り返す。私は言葉も返せず、されるがまま。頬を上気させ、薄っすらと瞼を開けて成さんを見る。すると、そっと髪に指を挿し込まれ、眉根を寄せて切なげに言われた。

「俺は好きでもない人に触れたりしない。触れたくない」

「だ……め」

私の途切れ途切れの声に、成さんはピタッと手を止めた。

私は両手で自分の顔を覆って、続きを口にする。

「本気に……しちゃう、から」

心の隅には〝政略結婚〟というワードが消えずに残ってる。それでも、成さんの伝えてくれる言葉を全部信じてしまいそう。

ふいに手首を掴まれ、素顔を暴かれた。刹那、彼は噛みつくようなキスをする。

唇や舌と一緒に、お互いの感情も混ざり合ってる感覚がする。あまりに情熱的で、身体の奥まで熱くなっていく。

「ふ、う……ッン」

頭に添えられた手も、身体の重みも、絡ませ合う指も全部に陶酔する。成さんの吐息が耳に入るたび、身体の奥からなにかがせり上がってくるのがわかった。

「もっと……もっと、俺に本気になれよ」

鋭い視線で求められ、胸がきゅうっと締めつけられる。

高まる感情をこらえきれなくて目尻に涙を浮かべていたら、彼がぽつりとこぼした。

「俺を好きだと言って」

私、いつの間にこんなに彼を好きになっていたの。

求められるのに慣れていなくて、気付けばここまで深い場所まで落ちてしまった。

彼が本当はなにを求めているかなんて関係なくなって、浮き彫りになった自分の感情だけが、今の私を突き動かす。

「す──き……」

肩で息をしつつ掠れ声で答えた途端、彼は瞳を大きくさせて頬を包み込んだ。それから、おとぎ話の王子様さながらの、丁寧なキスを一度落とす。

「もうこれだけじゃ物足りない。本当はもうずっと……もっと君に触れたくてたまらなかった。梓は……？」

この期に及んで、私の意思を尊重しようとしてくれている彼に驚かされる。

彼は喜んでくれるだろうか。

そう想像しては鼓動を高鳴らせ、一度こくりと首を縦に振った。しかし、予想に反して、彼は項垂れた。不安になり、手を伸ばした直後。

「はあ……やばい。この先は……自分でもどうなるか予測できない」

大きな手で覆われた指の隙間から覗く、彼の照れた顔が愛おしい。

成さんの表情に目を奪われていたら、彼はすっと精悍な顔つきに戻り、私の手を押さえつける。

「この前、『こういう方法でお互いの相性を確かめれば、自分の気持ちを知るのにいいかも』って言ったけど……俺は身体を重ねなくても、とっくにこの昂ぶる気持ちの正体は知っていたよ」

薄っすらと唇に弧を描く彼を瞳に映し出していたが、気付けば頬に鼻梁を寄せられて表情が見えなくなる。代わりに彼は甘やかな声で囁いた。

「でも、多分この先は……もっと梓の存在が大きくなる」

「え。あっ……」

「俺の全部、受け止めて」

成さんの低く濡れた声で、背中がぞくぞくと粟立つ。するりと服の中に潜り込ませた手に、思わず声を漏らさずにはいられなかった。

「あッ……ん」

軽く肌を掠めただけで、過剰な反応をしてしまう自分が恥ずかしい。

どうしたらいいの？　私……受け入れたのはいいけれど、初めてだって伝えてない。こういうのって、申告するべき？

高揚する気持ちに比例して、焦りも大きくなっていく。涙目でちらりと成さんを見やれば、彼もまた、余裕のなさそうな熱視線を送ってきていた。そんな表情を目の当たりにして、身体の奥から甘く切ない感覚が膨らんでいく。

「な、成さん……っ」

成さんは瞼にキスを落とし、「ん？」と聞き返す。私は彼のシャツを握り、勇気を出して告白した。

「わ、私……こういうの、初めて……で」

「……え?」

明らかに彼は驚いていた。目を大きく開いて私を見下ろしている。

言えばどんな反応があるか、まったく予想できなかった。こんな風に固まられると

知っていれば黙っていたのに。男の人の気持ちはわからないけれど、経験のない女を

相手にするって、重かったり面倒だったりするのかもしれない。

不安で瞳を揺らしていたら、成さんがぽつりと呟いた。

「ごめん」

謝罪の言葉に頭の中が真っ白になる。拒否されて恥ずかしくて、今すぐ彼の視界か

ら消えてしまいたい。そう思った瞬間。

「え、きゃあっ!」

急に抱き上げられて悲鳴をあげた。驚きのあまり、身体が硬直する。

パニックに陥っていると、成さんがばつが悪そうにこぼした。

「場所も考えられないくらいがっつきすぎた……ベッドに行こう」

「あ……あの……その、さ、先にシャワー……を」

額にちゅっと成さんの唇が触れた。

「わかった。一緒に入ろうか？」

「いっ……」

この後の展開を考えるだけで余裕がないのに、一緒にだなんて……！

「な、成さん……さすがに一緒は……恥ずかしい」

懸命に震える声で伝えると、成さんは目を丸くしてから「ふ」と笑った。

「本当は離したくないけど……我慢するよ。今日のところはね」。

成さんの意味深な返しに全身が熱くなる。顔も合わせる余裕がなくて、下を向いて呟いた。

「……負担じゃないですか？　……私、なにも知らない、から……」

今の流れだって、咄嗟に断ってしまったけど普通は恥ずかしくても受け入れるのかもしれない。自分の反応は一般的なのかがわからなくて、余計な不安ばかり広がっていく。

恐る恐る視線を上げたら、真正面の彼がとてもうれしそうな顔をしていて、きょとんとした。

「しっかりしているようで、こういうことは知らないんだ」

成さんは「ふふっ」と笑い声をこぼし、色っぽい表情で囁く。

「負担なんかじゃないから心配しないで。梓の最初の相手が自分だなんて……うれしすぎてどうにかなりそう」

満たされた表情で口元を緩ませる彼を見て、心臓が大きな音を立てる。あまりに大きな音だから、まるで耳のそばで脈を打っているみたい。

バスルームに着くと、成さんはおもむろに私を下ろした。そして長い睫毛を伏せ、私の髪を耳にかける。そこに口を寄せ、耳孔に妖艶な声を吹き込んだ。

「もちろん、最後の相手でもあるけどね」

彼は私の髪をするりと梳いてまっすぐ向き合い、そっとキスする。

「んっ……う」

唇の形を確かめるように撫で、心地よさに自然と開いた唇を優しく割って、舌を重ね合う。混じり合う吐息が耳に届くたびに、腰が甘く痺れて立つ足に力も入らなくなっていた。胸を上下させながら息をして、潤んだ瞳で彼を見つめる。

不思議。今までこんな風に感情が高まったことがない。成さんの前だと、自分も知らない新しい自分ばかりが出てきちゃう。

もはや、彼の真の目的がビジネスだろうがなんだろうが、関係なくなっていた。

彼に触れたい。触れられたい。

このまま、甘美な夢に堕ちていきたい。

私の視線を受けた成さんは、もう一度、静かに唇を重ねた。

「ずっと我慢してたから、今夜は手放せないかも」

成さんはそう囁いた言葉通り、その夜は片時も離してくれなかった。

「あっ、梓ちゃん。……久しぶり」

昨日、成さんから『きっともう電話も繋がると思うよ』と言われ、出社前に電話をかけた。すると、成さんの言う通り電話が繋がった。それで今夜会おうと約束を取りつけ、私の職場近くのカフェでこうして久々に友恵ちゃんと向き合っている。

「改めて……ごめんなさい。梓ちゃんになにも言わずに勝手に鷹藤さんのところへ行ってしまって」

友恵ちゃんは肩を窄め、ゆっくり頭を下げた。

「成さんから聞いた。私のために成さんに直談判してくれたんだよね？　驚いた」

私の身を案じて成さんのもとへ直行したのが理由と知り、申し訳なかった。

私がもっとうまく現状を伝えていたら……。とはいえ、常識では考えられない私たちの特殊な関係を説明するのは難しかった。

「私の杞憂で空回りして迷惑をかけただけだったけどね……」

「友恵ちゃん」

「ううん。迷惑とは思ってないよ」

「私のせいでさせられたお見合いの相手に、なにか強請《ゆす》られて一緒にいるんじゃないかとか想像しちゃって。梓ちゃんって一度決めたら貫き通すし、昔からなんでもひとりで頑張ろうとするのを見てたから、てっきり」

「そんなことないよ。だけど友恵ちゃん、よくひとりで乗り込んだよね」

私が言うと、友恵ちゃんは照れくさそうに笑っていた。

彼女はどちらかと言えば引っ込み思案なタイプ。だからこそ、お見合い直前に家出したって話もみんなが度肝を抜かれたわけだし。

もしかしたら、家を飛び出したのをきっかけに変われたのかもしれない。

「ところで成さんと会って、友恵ちゃんが私を巻き込まないでって言ってくれた後、成さんはなんて言ってたの……？」

成さんからは友恵ちゃんがやってきた概要をざっくりと聞いただけ。深くは教えてもらっていないため、その場をどう収めたのか引っかかっていた。

「もしかして梓ちゃん、鷹藤さんのこと好きになった？」

「え⁉　な、なんっ……」

「ふふ。鷹藤さんは梓ちゃんがすごく好きみたいだった」

「はっ？」

実際に何度も本人の口から伝えられてはいても、第三者から改めて告げられるとまた別の羞恥心が込み上げてくる。さらに、昨夜の濃密な情事がぶわっと脳裏に蘇って、たちまち身体が火照りだす。

友恵ちゃんは、すっかり氷の解けたジュースのストローをくるくる回す。グラスを持ち上げてストローに口をつける直前に言った。

「梓ちゃんにはきちんと許可を得て、今一緒にいるって説明されたの。梓ちゃんの話してる時の鷹藤さん、どこかうれしそうに見えた」

「私の話って……？」

「そのうち、彼から直接聞けるかもしれないよ」

友恵ちゃんは思わせぶりに笑って、ジュースを飲んでいる。

なんだかこれ以上は聞き出せない雰囲気……。いったい成さんは、なにを友恵ちゃんに話したの？

しばらくは成さんの話の内容が気になっていた。しかし、そのうち会えなかった時間を埋めるように話に花が咲いて、すっかり楽しい気分で過ごしたのだった。

マンションへ戻ったのは、夜の十時。

リビングのドアを開けると、ソファに座っていた成さんが読んでいた本から視線を上げてこちらを見た。

「おかえり」

「ただいま戻りました」

私はキーを定位置であるキャビネット上の小物トレーに置く。

「なに？　その業務的な挨拶。夫婦でしょ？　気を遣わないで」

眼鏡をかけている彼は本を閉じてテーブルに置き、ソファからゆっくりと立ち上がる。私は成さんが近付いてくるのを察し、ふっと視線を逸らした。

「ご……ごめんなさい」

はっきりと夫婦宣言されると、気恥ずかしくてまともに顔を見られない。

すると、成さんが急に耳元に口を寄せてきた。

「そんなつれない態度取るなら、俺からもっと距離を縮めていかないといけないね」

色気たっぷりのウェットな声で直に囁かれ、心臓が飛び出しそうなほどドクドクいっている。間近にいる成さんを見上げると、にっこりと余裕の笑み。

「にっ、荷物置いて、シャワー浴びちゃいますね」

たまらず逃げるようにしてリビングを出た。部屋でひとつ息を吐く。

私……こんなに恋愛に免疫なかった？　会話はおろか、目すら合わせられないって、初めてできた彼氏じゃあるまいし。でも……ある意味初めてだったから。あんな風にすべてを曝したのは。

抱き合った昨夜の記憶が勝手に脳内で再生される。途端に羞恥に駆られ、その場にくずおれて顔を覆った。

昨日は、終始いっぱいいっぱいだった。成さんが優しすぎて、言葉で言い表せないものが胸にどんどん広がって……。そうして夢中で成さんに縋っていたのだけど。

ああ、ダメだ。今日は一日煩悩にまみれてしまっている気がする。

私は気分転換も兼ねて、そそくさとバスルームに向かった。

シャワーを浴び終えてリビングに戻ると、成さんは先ほどの続きで本を読んでいた。

「まだお休みになってなかったんですね」

「うん。待ってた」

無邪気に言われ、またもやドキッとする。

この間まで、どうやって過ごしていたんだっけ。今となっては、成さんと同居したってなにも変わらないし平気だって思い込んでいた自分が信じられない。

冷静に、と言い聞かせていた時に、成さんがキャビネットの前に立って言った。

「これ、付けてくれてるんだ」

彼が手に取ったのは、私が使っているこの部屋の合い鍵。そして、キーには軽井沢で買ってもらった、もちマロのキーホルダーが付いている。

「はい。迷ったんですけど、使わないのも勿体ないかなあって」

「そう。ねえ。他のふたつ、まだ余ってる？」

「え？　はい。そのままですよ」

「買ってあげておいてなんだけど、よかったらひとつ譲ってほしいな」

成さんがキーをそっと戻し、申し訳なさそうに言う。

「ええ。構いませんけど」

もともと成さんが買ってくれたものだから譲るのは一向に構わない。それにしても、いったいなにに使うんだろう。

不思議に思いつつ、私はキーホルダーを取ってきてふたつ差し出した。

「どちらがいいですか？」

「どっちでもいいの？　じゃあ……おやきバージョンにしようかな」

長野の名物おやきを手にする、もちマロキーホルダーを成さんが持った。成さんとキャラクターグッズはミスマッチで、なんだかおもしろい。

いったいどうするのかと思って見ていれば、成さんは自分の自宅キーにそのキーホルダーを取りつけ始めた。私は目を白黒させる。

「うん。いいね。梓がいつも一緒にいるみたい」

並んで置かれた二本のキーを見て、顔が熱くなった。

成さんは乾かしたばかりの私の髪を繰り返したおやかに撫でる。四度目に指を滑らせた時、彼の顔が近付いてきた。

「ちょっ……あの、待って」

「どうして?」

囁き声とともに彼の吐息が肌に触れ、いっそう緊張を増していく。日常でこんなに甘い雰囲気になることに慣れてない。

「し、心臓が……おかしくなりそう」

ぽつりと心の声を漏らすと、成さんがクスリと笑った。

「うん。わかる」

同調されて目をぱちくりさせる。

いくら『わかる』って言ったって、私を気遣ってくれただけで、成さんが同じ状況なわけがない。成さんは出逢った時から冷静で落ち着いていて、相手を配慮する余裕を持ち合わせていたもの。デートをしていても常にリードしてくれて、イレギュラーなことが起きたって広い心で受け入れてくれる。

完全に優しさから言ってくれたものだと思い込んでいたら、ふいに右手を掴まれた。

成さんはそのまま私の手を自分の心臓の位置へと持っていく。手のひらには、私と同じくらいのテンポで脈打つ鼓動を感じた。

「ほら……ね？」

はにかむ成さんを見て、信じられない思いになる。

だけど、本当にドクドク鳴ってる。傍目には平然として見えるのに。

成さんは私の頬を掠め、耳打ちする。

「本当……幸せでおかしくなる」

刹那、背筋がぞくっとして胸の奥が甘い音を上げた。成さんは私を覗き込み、柔らかく目を細めた後に唇を奪った。

今週は今日まで怒涛のような日々だった。落ち込んだり焦ったり、戸惑ったり……浮き立ったりして目まぐるしい。

特に成さんとの関係が進展した後は仕事中にもかかわらず、うっかりしていたら考え事をしてしまう。

明日一日乗り切れば休みになる。気合いを入れて、ミスしないよう気を付けなきゃ。

家にいてもなお、そんな風に自分を戒めていたら、玄関から音がした。

「ただいま」

成さんが帰宅し、時計を見ればもうすぐ十一時になりそうなところ。

「おかえりなさい。食事を用意しておくので、よければ先にお風呂に」

「いいの？　ありがとう」

成さんは疲れて帰ってきても、絶対に不機嫌な態度を取らない。いつも変わらず笑顔を見せて、感謝の言葉も忘れずにいてくれる。そういう彼だから、私も多少時間が遅くても帰りを待って、なにかしてあげたいなと自然に思えた。

その後、お風呂も食事も終えた成さんは、ダイニングテーブルでノートパソコンを開いた。

「ごめん。少しだけ仕事があるんだ。梓は先に休んでて」

キッチンで明日の朝食の準備をしていた私は、「はい」と答えたものの、なんとなく先に寝る気になれなかった。

「自宅でまでお仕事するの大変ですね。差し支えない範囲でいいんですが、今はどんなお仕事をされてるんですか？」

私はキッチンを出て質問を投げかけ、成さんの向かいの席に静かに座る。

「うーん。そうだなあ。今はコンサルティングのような業務かな。お客様へ現状の問題の改善点を提案するとか」

「へえ。それって、もちろん一社や二社じゃないですもんね。時間がいくらあっても足りなさそうな……」

前に成さんは部署を代表する立場だと聞いた。だとすれば、やっぱり仕事も多岐にわたって量も多そうだもの。

成さんは指を動かしながら答える。

「確かに大変だけど、こうして信頼を築き上げていくのが一番だから。まあ、昔営業担当していた時とか、結局過程よりも結果を重視されて辛酸をなめたものだよ」

成さんにも、そういう時期があったんだ。勝手に生まれながらのエリートで失敗もしないイメージを作り上げていた。なにもせずに今があるわけじゃない。彼も努力してここまできたんだ。

そう思うと余計に、彼が漏らした苦々しい過去が自分のことのように悔しくなる。

「結果が大事なのはわかります。でも、過程こそが本当に大切にすべき部分だと思いますけどね。だって、どんな事柄でもいきなり結果に結びつく方が稀じゃないですか」

理想論だとわかってる。私は金融の世界も完全に理解しているわけじゃないし。

それでも、どうしても腑に落ちなくて、思わずそうこぼしてしまった。

成さんは苦笑交じりに言う。

「梓みたいな人ばかりならいいんだけどね」

「もし……成さんが理解してもらえなくてつらくなったら、私でよければ遠慮せずに寄りかかってくださいね」

そういう人がひとり近くにいたっていいよね。どんなに素晴らしい能力や肩書きがあっても、誰しも努力は認めてもらいたいはずだもの。

しかし、図々しく宣言してから冷静に考えて、はたと気付く。

「あっ。理解してもらえなくて……なんて、今の成さんならきちんと評価されているから杞憂ですよね。すみません」

「いや……。すごく心強いよ。ありがとう」

私が首を竦めるも、彼はとてもうれしそうに微笑んでいた。

休日になり、私は成さんと一緒に滅多に足を踏み入れない高級ブランドブティックにいた。成さんに誘われて、彼の服を見に来たのだ。

服といっても私服ではなく、スーツが目的だった。なにやら来週末に仕事関係のパーティーがあるらしい。

「こっちとこっちなら、梓はどれがいいと思う？」

「う〜ん……右……？」

「OK。ちょっと試着してくる」

成さんは機嫌よくフィッティングルームへ向かった。

それにしても、私の見立てで大丈夫なのかちょっと不安だ。パーティー自体は父や伯父に言われて何度か経験していても、慣れているわけではないから。

昨日、服を見繕ってほしいと言われて戦々恐々としたのに、彼はさらに度肝を抜くことを言った。

『梓を紹介できるいい機会だし、パーティーに一緒に行かない？』と。

私は即答で断った。だって成さんに同伴して出席すれば、おのずと私たちが特別な関係だと知れ渡ってしまう。戸籍上すでに夫婦とはいえ、想いが通じ合ったのさえごく最近。正直まだ実感もなければ、彼の妻としての自信など持てるはずがない。

成さんは少し残念そうだったけど、無理強いはしなかった。ただ『その代わりに』と言われ、パーティー後にふたりで食事をしに行く約束をしている。

「梓。どうかな？」

ぼーっと回想していたところに声をかけられ、慌てて顔を上げる。

奥から現れたのは、さながら英国紳士。

薄っすらとチェック模様が入ったブルーがかったスリーピースのスーツ。特徴的なドット柄のネクタイがアクセントとなって、もはやモデルみたい。

「うわあ……似合いますね」

カッコいい人が上質なものを纏っているのだから、似合わないはずがない。

「本当？　じゃあこれにしよう」

成さんは私の言葉を受けた直後、あっさりと決めて買い物を終わらせた。

それから、ぶらりとウインドウショッピングをして、成さんのセレクトで一軒のお店に入った。

外観から店内までかわいい造りの、オシャレで凝っているスイーツ店。雑誌で見た記憶はあるけど、足を運んだことはない。

雑誌に取り上げられるくらいだから、やはり人気があるらしく店内も賑わっている。

私はオーダーしたパンケーキを頬張りながら、思わず感嘆して息を漏らした。

「成さんすごいですね。こういうお店にも詳しいなんて」

コーヒーのみの成さんは優雅にコーヒーカップを手に取って、ひと口含む。静かにソーサーに戻した後、彼がぼそっと言った。

「いや。詳しくはない。実は梓が喜ぶかと思って調べておいた」

「えっ……そ、そうだったんですか？　ありがとうございます」

予想外の回答にきゅんとする。途端に照れくさくなって、手元ばかりを見て黙々とパンケーキを口に運んだ。

パンケーキを食べ終え、紅茶を飲んでひと息ついた時、成さんがショッパーをひとつ差し出してきた。さっき成さんのスーツを購入したブランド店のものだ。

「あの、これは……？」

「プレゼント」

「え！　どういうことですか？」

戸惑ったものの成さんに「見てみて」と急かされ、おずおずと受け取った。ショッパーのテープを剥がして覗くと、上品なデザインの洋服が入っていた。

「梓に似合うと思って選んだんだけど、どう？」

「店内見て回った時に、インスピレーション感じて。もしよかったら、来週それでデートしよう。梓、うちに荷物あまり持ってきてないだろう？　時間がない中、実家に取りに戻るのも大変かなと思って」

「いつの間に……」

成さんって、本当になにからなにまでスマートすぎる。非の打ちどころがなくて、時々自分と比べちゃう。

「あ……気に入らなかった？　ごめん、勝手に選んで。驚かせたくて」

「いえ。気に入りました。ありがとうございます。だけど……私、なにも返せない」

いろいろとしてくれるのはうれしい。しかし、あまりに多くをもらいすぎると、申し訳ない思いが大きくなっていく。

素直に喜べず困っていたら、成さんが顔を近付けて囁いた。

「貸し借りじゃないでしょ。男が好きな女性に贈りものをしたいって思うのは普通のことなの。喜んだ顔が見れたら、それで満足するんだよ」

「そういうものですか……？」

成さんは口角を上げ、「うん」とひと言答えた。

一週間後。

成さんは予定通り、すでに融資先の新社長の就任パーティーに行っている。

私は成さんに、七時頃に待ち合わせようと言われていた。

少し早めに家を出て、待ち合わせ場所であるパーティー会場のホテルへと移動する。

東京駅にほど近い『ホテルリリシア』。都内のラグジュアリーホテルの中でも有名なところ。一度だけ、父の付き合いで同行したことがある。会場の雰囲気もよく、料理も美味しかった。

ロビーのソファに座って成さんからの連絡を待ち、腕時計に目を落とす。あと十五分ほどで約束の七時だ。

すぐそばにある、二メートル以上の大きな窓ガラスに映る自分を見る。

落ち着いたマスタード色をした、綺麗なプリーツのラグランワンピース。上品でいてかわいく、さらには世界的ブランド店のものだからか生地の質もよく着心地がいい。

まだ成さんにはワンピースを着た姿を見せていないけれど……どんな反応をしてくれるかな。

窓を見上げて外の景色を眺めていたら、バッグの中のスマホが振動した。

「もしもし」

《梓？　もしかして、もう着いてる？》

「はい、ロビーに。あ、でもまだかかるようなら、私のことはお気になさらず」

《いや。すぐ行くから。待ってて》

　通話を切って、ソファから立ち上がる。そわそわとしながら待つこと数分。十数メートル先に彼の姿を見つけて歩み寄った。

「成さ……」

「鷹藤さん！」

　私が呼びかけた矢先、別の誰かが成さんに声をかけた。視線を成さんの奥へ向けると、同じ世代くらいの男性がにこやかにやってきた。

「よかった、追いついて。お帰りのところ呼び止めてしまってすみません。会場ではご挨拶でお忙しそうだったので、後でゆっくりと思っていたらこのような形になってしまって」

　ツーブロックのヘアスタイルの男性は、気さくな雰囲気だ。彼は名刺を取り出して成さんに渡す。

「『machila《マチラ》コーポレーション』の孫会社、『マチラモバイル』に先日配属されました、紀谷剛士《きのやつよし》と申します」

マチラって、大手通信サービス企業よね？　確か、代表取締役の方も紀谷だったはず。だとしたら、この男性って……。

「いづみファイナンシャルグループいづみ銀行本店の鷹藤です。紀谷さんと仰いますと、社長のお孫さんでいらっしゃいますか？」

「はい」

やっぱり！　彼は紀谷社長のご令孫なんだ。

マチラコーポレーションとは、うちも取引があったはず。彼がモバイル事業だというのなら、もしかしたら今後私も仕事上、顔を合わせる機会があるかもしれない。挨拶した方がいいかなと思ったものの、今日はオフで名刺もないし、ふたりの間に自分から話に割り込むのも失礼だと考える。

「確か、紀谷社長にはもうひとり……」

成さんがなにかを思い出しながら話していた時、遅れてやってきた女性が紀谷さんの横に並んだ。

女性はたおやかにお辞儀をして、艶やかな唇に上品な笑みを湛える。

「成様、お久しぶりです。わたくしを覚えていらっしゃいますか？」

「ええ。夕花《ゆうか》さん。もちろん覚えていますよ。今、紀谷さんにお聞きしようとしていたんです。おふたりはご親戚なんですね」

「彼は従兄なんです」

彼女とはどうやら面識があるみたい。

夕花さんは、姿勢はもちろん顔立ちも美しい人だった。すらりとした長身のスタイルは、私と違って大人の女性という感じ。紀谷さんも整った目鼻立ちで女性から人気がありそう。美男美女の親戚だ。

その時、夕花さんと視線がぶつかる。

「あちらの方は……？」

「ああ。今夜は彼女と待ち合わせをしていたものでして」

成さんの答えを聞き、私は慌てて歩み寄って頭を下げた。

「わたくし、時雨ホールディングス、ジョインコネクトにおります時雨梓と申します」

自己紹介をした直後、ハッとする。

正確に言うなら『鷹藤梓』なんだけど、職場では変わらず時雨で通してるし、なにより実感もないから自然と旧姓を名乗ってしまった。

「ジョインコネクトの……初めまして。紀谷夕花です。剛士さん、わたくしたちは席を外しますね。時雨さん、ご一緒にあちらへ移動いたしません？」

「は、はい」

成さんの反応を窺おうとした矢先、夕花さんが私に挨拶をしてくれたため、視線を外せなかった。しかもそのまま彼女に促され、踵を返す羽目に……。

内心うろたえながら一歩踏み出した時、肩に手を置かれた。

「すまない。ちょっと待ってて」

成さんに耳元で囁かれ、私は一度頷いた。

夕花さんについていき、先ほどまで座っていたソファに戻る。

挨拶を交わしたばかりの人とふたりきりって、なんとなく気まずい。向かい合って座るのも緊張しそうだけど、隣り合うのもまた目線のやり場に困るものね……。

仕事中なら意識を切り替えているし、いつでも心の準備をしているから初対面の人ともどうにか会話が弾む。けれど、今日は急な出来事でまだスイッチが入っていない。

しかも、仕事繋がりではないとなれば、会話の内容に悩んでしまう。

会話の糸口を探っていたら、彼女から質問される。

「あの。失礼ですが、あなたは成様とどのようなご関係で?」

ドキッとして彼女と顔を見合わせた。

そうだ。さっき、特に私たちの関係を伝えてはいなかった。

だけど、なんて言えばいいの？　私もだけど、スタートがお試し期間だったのもあって、成さんも職場で結婚したことをまだ公にしていない気がするし……。

「ええと……私たちはお見合いで知り合いまして……」

結婚している事実を勝手に口にする勇気が出ず、つい濁してしまう。

瞬間、夕花さんの目の色が変わった。

「お見合い？　それって最近の話ですよね？　成様が日本に帰ってこられたのは最近と伺いましたもの」

控えめな雰囲気だった彼女が急に変貌した。美しい彼女の厳しい顔つきに、得も言われぬ嫌な予感を抱き、つい及び腰になった。

「あなた、時雨グループホールディングスのお身内なのでしょう？　他にもいいお相手いらっしゃるでしょうし、譲ってくださらない？」

「え？　譲るって……なにを」

「成様のことです。わたくし、以前から彼をお慕いしていましたの。ニューヨークから帰国されるのをずっと待っていたんです」

私は唖然としてなにも言えなかった。すると、彼女はさらに続ける。

「つい最近のお見合いでしたら、まだ特別な感情など抱くまで至らないのでは？」

「そんなことは……」

「成様もその可能性は十分ありますよね。わたくしたちのような立場でのお見合いは、ほとんど親の都合での政略結婚が目的だと思いますもの」

夕花さんの指摘に返す言葉がなかった。彼女の言い分は、認めたくなくても否定できない。

――そう。そもそも私が代わりにお見合いに行ったのも、伯父たちは鷹藤家と時雨家の結びつきを強固にするのが目的なわけで……。当然、聡明な成さんのこと。それを承知であの席に出向いたはず。

「図星かしら？」

夕花さんの声にハッとして顔を上げる。夕花さんはすっと立ち上がり、こちらを見下ろして言った。

「でしたらわたくし、成様との距離を縮める努力をさせていただきます。成様がお決めになるのなら、問題ありませんでしょう？」

彼女の迷いのないまっすぐな目を前にすると焦りを抱く。私も思わず立って、同時に口を開いていた。

「あの！　私は本当に彼を好きになったので」

私の言葉を聞いた夕花さんは、ものすごく驚いた顔をして固まる。その後、一度瞼を伏せて、ゆっくり息を吐いた。刹那、凛としてこちらを見据える。

「そうなの……。ではくれぐれも公正に勝負してくださいませ」

私は夕花さんの宣言に動揺するだけで、彼女を説得する余裕もない。

胸がざわついた瞬間、いつの間にかそばに来ていた紀谷さんに声をかけられる。

「時雨さん、お待たせしてしまい申し訳ありませんでした」

「あ、いえ……」

紀谷さんの横にいる成さんを見て、ますます焦燥感に駆られた。

「鷹藤さん。今後ともよろしくお願いいたします。ではまた」

「こちらこそ。今日はありがとうございます。また」

成さんは紀谷さんと別れの挨拶を交わし、私の隣に来る。夕花さんに視線を向けると、去り際に笑顔を残していった。それが意味深なものに思えて仕方がない。

「梓、待たせてごめん。行こうか」

「……はい」

いったい、この短時間でなにが起きたの。心地が悪くて、歩いていてもなんだか足が地についていないような不安感を覚える。

それに成さんも、さっき私がさらりと旧姓を名乗ったことをどう思っているんだろう。今のところ、その件についてはなにも触れられていないけれど。

ホテルを出てすぐ、タクシーに乗り込む。成さんは運転手に行き先を告げ、改めて私を見つめてきた。

「うん。やっぱり服、似合ってる」

「あ、ありがとうございます」

成さんを待っている時まで、この服を着ている自分を窓越しに見ては、面映ゆい気持ちになっていた。でも今は胸が重苦しい。

十分ほどで目的地に到着したらしく、タクシーを降りた。目の前には、世界の主要都市にホテルやレストランを構えている外資系のラグジュアリーホテル。

四十階ほどの建物は大きなガラスがたくさんあり、辺りの夜景を映し出していてとても美しかった。

「わあ。ここは初めてです。綺麗」

「そう？　よかった」

素晴らしい景観に圧倒されて、嫌な気持ちも吹き飛んだ。

成さんは肘を軽く曲げて私へ差し出す。その行動にピンときて、おずおずと彼の腕に手を添えた。

エントランスも高級感のあるデザインで、エレベーターに乗るまでしきりに感嘆のため息を漏らしていた。

急速に上昇する広いエレベーターでは、宙に浮いている感覚の中、街を眺望する。最上階に到着すると重厚感のあるカーペットが敷かれていて、まるで有名人にでもなった気分だった。

たどり着いたのは、完全個室のレストラン。部屋へ案内されると、眼前に広がる夜景に意識を奪われる。

社長令嬢などともてはやされても、意外にこういう場所へは来ないもの。けれども、知識はある。ここのエグゼクティブシェフは、幾多の受賞歴があると聞いた。

「オススメのコースをオーダーしようと思うけどいい？」

「はい。楽しみです」

成さんはニコッと笑って、スタッフを呼んだ。

「鴨のローストなら……メルロー種のワインがいいかな。梓、赤ワイン飲める？」

「ええ」

彼がオーダーをしている間、自分の意思とは裏腹に夕花さんの言葉が脳裏に蘇る。

テーブルに添えられた花をジッと見つめ、ひとり数十分前の出来事を振り返っていると、成さんに呼ばれた。

「梓？　どうかした？」

「い、いえ。なにも」

水が入ったグラスを引き寄せ、目を落とす。水面の揺れが落ち着いた頃、思い切って話題にした。

「さっきご挨拶したおふたり……私とそう変わらない年齢のように見えましたけど、とてもしっかりされていて驚きました」

「そうだね。基本的には年上の人たちと触れ合う機会の方が多いから、俺もちょっと新鮮だったかな。夕花さんとは前に何回か挨拶を交わしたことはあってね」

「そうなんですね」

にこやかに返答するも、私にとって彼女は不穏分子。知り合って数分であんな風に宣戦布告されたら誰だって警戒してしまう。

私には一連の流れを彼に報告する勇気もない。

きっと、成さんだけが彼女を納得させられる。しかし、夕花さんの目は真剣だった。もし成さんが彼女に心を動かされたら、黙って受け入れる他ない。選択は彼の自由だ。

「梓？　やっぱりなにかあった？　さっきからぼーっとしてる」

「あ！　あまりに素敵な場所なので、つい」

どうにかごまかして返したら、成さんは口元を緩めた。

「そう。だったら最後まで楽しみにしてて」

それから次々と提供される料理の数々は、成さんの言葉を裏切らず、どれも芸術作品みたいで最高に美味しかった。

デザートも普段あまり見ないもので興味を惹かれた。タルトの上に球体のケーキがのせられた『スフェール』というスイーツは上品な味わいだった。その名前は、フランス語で『丸』や『球体』の意味があると成さんが教えてくれた。

最後にコーヒーが出された時にも、ミニャルディーズ——いわゆる食後の小菓子として、マカロンが添えられていた。

私は完食して、ほうっと息をつく。

「すごく美味しかったです。お腹がいっぱいなのにデザートも全部食べちゃいました」

「うん。ずっと美味しそうに食べてたね。連れてきてよかった」

恥じらって食事をするべきだったかと、今さら頭をよぎった。それこそ、女子代表みたいな稲垣さんならそうしていただろう。まあ、もう食事が終わったのだから考えても仕方がないよね……。

開き直ってテーブルナプキンを畳んでいたら、正面から視線を感じて目を向けた。成さんはさっきまで和やかな雰囲気だったのに、どこか緊張感を漂わせている。

「梓、今日は渡したいものがあるんだ」

凛とした表情で言われ、心臓が大きく跳ねて背筋が伸びた。直後、彼はテーブル上にすっと手を置いた。

「予定より早いけど、お試し期間を終了して、このままずっと俺の隣にいてほしい」

そう言って成さんがゆっくり手を戻すと、隠されていたものの正体が明らかになる。

手のひらサイズの四角い箱……。彼がゆっくり開くと、中身はエタニティリング。外の夜景に負けず劣らず輝きを放つ指輪に圧倒され、しばらく固まってしまう。

「強引に結婚しておいて、今さらプロポーズっておかしいと言われるのは覚悟してる。つい先を急いでしまって……」

気まずそうに目を伏せる成さんを見つめながら、ふと頭をよぎる。

『わたくしたちのような立場でのお見合いは、ほとんど親の都合での政略結婚が目的だと思いますもの』

夕花さんの重みのある言葉が――。

お見合い後、信じられないほどの急展開で同居し、結婚した事実が私を苦しめる。

さらに今、彼の口から『つい先を急いで』と告げられたのが妙に引っかかった。

そもそも、会って間もないのに求婚したり、父に言われたからって入籍をすんなりと受け入れる対応にも違和感があった。

それらの理由が、夕花さんの発言に当てはまる気がしてならない。

ぼんやり考えに耽っていたら、いつの間にか成さんが席を立ち、私の左手を掬い上げた。そして、薬指に指輪をつける。

私は左手をやおら視界に入れ、ジャストサイズの指輪をジッと見た。

「サイズがぴったり……」

ぽつりと呟くと、彼はばつが悪そうに答えた。

「梓が寝てる間にちょっと……ね。俺のプロポーズ、正式に受けてもらえますか?」

そこまでしてサプライズで用意してくれたのに手放しで喜べないのは……プロポーズをすぐ受けられないのは、彼女に枷をはめられてしまったから。

ものすごく幸せな瞬間のはずが、心の中は疑念と不安でいっぱい。

以前、朝倉さんにひと目惚れを否定していたくせに、自身は成さんに第一印象から惹かれていた。その矛盾を感じながら、突き詰めて考えてこなかった。

答えは至ってシンプルな話。出逢ってすぐ惹かれる理由の大部分は、見た目の印象や雰囲気だ。成さんは容姿端麗でとても優しい。私でなくても惹かれる人は多いに決まっている。では、私は？　成さんは、この短期間で……もっと言えばお見合いの数時間で、いったい私のどこに惹かれたっていうの？

考えれば考えるほど、深い沼にハマって身動きが取れなくなる。

「あの……もう少し待ってほしい……です」

そんな返答をすれば、彼を傷つけるとわかっていた。

嫌な予感がするなら、気付かないふりをすればいい時だってある。だけど、今は違う。自分の気持ちを見て見ぬふりしてまで受け入れられない。

「わかった。急かしてごめん。だけどそれは梓が持っていてね。そろそろ帰ろうか」

彼に優しくされるたび、つらくなる。

私はまともに彼の顔を見れないまま、レストランを後にした。

帰宅中もずっと、指輪を付けている左手が重かった。

マンションに着き、私はすぐにバスルームへ向かう。バスタブにお湯をはって戻ろうとしたら、成さんがやってきた。突然現れたかと思ったら、後ろから抱きしめられて混乱する。

「な、成さん？」

「今日は柄にもなく緊張して、ちょっと飲みすぎたみたい」

「えっ。大丈夫ですか？　ベッドで休みます？」

「んー、お湯が溜まるまでそうしようかな」

成さんが自分で歩ける様子を見てホッとしつつ、ベッドルームまで付き添った。

ベッドの脇に腰をかけたのを見て、くるりと踵を返す。

「待っててください。今、水を……きゃっ」

すると、急に手を掴まれて引っ張られた。反射で閉じた目をゆっくり開くと、成さんの上に乗っていた。まるで私が彼を押し倒したみたいで、慌てて上半身を離した。

刹那、後頭部を捕らわれ唇を奪われる。

「んっ」

成さんとのキスは、まだ少しワインの味が残っていた。

徐々に力が抜けていく唇を割られて蹂躙されると、頭の奥がぼうっとしてきてなにも考えられない。

「梓……」

これまでとは比べものにならないほど色気のある声で囁かれ、背中が粟立つ。彼の指がつっと唇を撫でるだけで、声が漏れ出る。

「かわいい」

耳に直接吹き込まれ、潤んだ瞳で成さんを見下ろす。

成さんは私の髪を掬って口づけ、熱に満ちた視線を向けてきた。

「俺、今まで自分に子供ができて奥さんと家族で過ごすってイメージが曖昧だったけど、梓と出逢ってからすごくその未来が待ち遠しい」

「な、成さ……っ」

「梓に似た子供……俺と梓の……いいな」

ゆったりした口調と同じく、おもむろに身体に触れ、無数のキスを落とす。

「あっ……成さ、ん……っ、あぁ」

我慢しても自分の口から次々とこぼれ落ちていく甘ったるい声に羞恥心を煽られる。

しかし、どうしようもない甘美な刺激に、たやすく溺れていく。

ひとりで思い悩んでいても、結局は好きな人に触れられたらうれしくて……。刹那的だとわかっていて、手を伸ばしてしまう。

「ああでも、梓との時間も捨てがたい」

成さんは妖艶な瞳に私を映し出して、内に秘めていた激情のままに抱いて離さなかった。

昨日の夜はお酒のせいもあったのか、成さんがちょっと強引で甘くて……言葉のひとつひとつや触れられた感触などが、ずっと色濃く残っている。

その瞬間はふわふわした気持ちでいたが、今日になれば彼の一挙一動を疑って、素直に受け止められなくなっていた。同時にそんな自分にますます嫌気がさし、集中力を欠いていたものの、なんとかミスもせず仕事を終えた。

帰宅してから部屋でひとり、ケースに入った指輪を眺める。

真ん中のダイヤモンドの周りを、小さなダイヤモンドが囲んでいるヘイローリング。

クラシカルなデザインが素敵。もともと中央のダイヤモンドが大粒だから、いっそう大きく見える。

こんな高価なものを……。成さんに相応しい妻になる自信がないどころか、彼を心から信じ切れずにいるというのに。

あれから、夕花さんの持論に捕らわれ続けている。

お見合いを否定するわけではない。だけど私たちの場合、本来の相手が友恵ちゃんだったこともあって、心にずっともやがかかっている。

指輪を見つめ、これまでのことを回想する。次第に心が揺らいでいって、彼の情熱的な言葉に考えをひっくり返された。惹かれずにいられなかった。

その時、玄関の方から鍵が開く音がした。慌てて指輪をしまって部屋を出る。

「お疲れさまです。思ったより早かったんですね」

急な仕事が一件入ったって連絡がきたから、てっきり長引くかと思っていた。

成さんは靴を脱いで一笑した。

「うん。梓が家で待ってると思ったらね」

「えっ。す、すみません」

「違う。気になったわけじゃなくて、会いたくて」

疲れているはずなのに、そういう部分を微塵も感じさせず、柔らかく笑む彼にドキリとする。

私はどぎまぎしながら、成さんの後をついていく。

「夕食はいりますか？」

「いつもありがとう。いただきます」

そう言ってポケットからスマホやキーを出し、上着を脱いだ成さんがなにか言いかける。

「今日——」

瞬間、今しがたキャビネットに置かれた彼のスマホが音を鳴らした。反射的にディスプレイへ目を向けると、表示は数字のみ。どうやら登録外からの着信みたい。

「はい、鷹藤です」

成さんが応答するのを見て、代わりに彼の上着を持ってあげた。

「ああ、夕花さん。今日はありがとうございました」

クローゼットへ向かおうとした時に聞こえた名前に驚愕する。

夕花さん？　急な仕事って夕花さんだったの……？

電話をしている成さんを怖々見る。成さんの様子は至って普通で、特になにかあったわけではないってわかる。でも、ふたりが会った事実を知り、動揺を隠せない。

混乱している間に、どうやら通話が終わりそうな雰囲気だ。

「はい。いえ、お気になさらず。わざわざお電話ありがとうございました」

成さんが電話を切る直前、慌てて視線を逸らす。成さんからなにか言われる前に、平静を装って自ら笑顔を作った。

「今の電話……夕花さんですか？」

「うん。さっき言いかけたけど、今日会っていたのがマチラの社長と副社長で。そこに夕花さんも来たんだ。彼女は昨日ゆっくり挨拶できなかったからって、わざわざ一緒に来てくれたみたいで」

ふたりきりじゃないとわかりホッとするのも束の間、夕花さんが有言実行で早速積極的になっていて動揺する。

「彼女、マチラ本社で受付業務をしているんだ。副社長も夕花さんを溺愛してて、親子仲もいいみたいで」

「受付……納得です。とても綺麗な方でしたもんね」

艶やかな黒髪と、色白ではっきりした目鼻立ち。立ち居振る舞いだけで上品さも窺えるような人だった。彼女なら、多くの人が目を引かれると思う。

夕花さんを思い出していたら、ふいに成さんがこちらを覗き込む。

「え？　なに……」

「俺は梓の方が好み」

するっと髪を撫でられて、心臓が跳ねた。

「そっ、そんなお世辞はいらないですよ」

誰がどう見ても、美人なのは彼女だと言うに決まっているもの。

「もしかして、これまで言ってきたこと全部お世辞だと思ってる？」

「えっ……」

急に成さんの声のトーンが変わって驚いた。

成さんは私の右腕を掴み、そっと頬に触れる。熱のこもった瞳で見つめ、妖しさを含んだ低い声色で言った。

「それは食事より先に、そっちを教えなきゃダメだね」

彼の口の端が静かに上がったのが視界に入った瞬間、心音はますます大きくなる。

下ろしていた髪をサイドに寄せられ、右耳が露わになった。成さんはおもむろに唇を寄せ、触れるかどうかのところでさらに囁く。

「じゃあ、梓の課題解決をしようか。俺そういう仕事してるから安心して。じっくり教えてあげる」

甘い痺れを感じ、思わず目を閉じて首を竦めた。すると、ひょいと担がれて、そのままベッドルームまで連れていかれてしまった。

薬指にキス

数日が経った。

あれから夕花さんの話題は出てこない。

冷静に考えれば、偶然に会う機会はそうそうないだろうし、そもそも成さんが忙しい人だからこの短期間にしょっちゅう会うのは難しいと思う。

時間が経つにつれ平静を取り戻した私は、今日も仕事に勤しむ。データ不備がないかなど集中して確認していたら、あっという間に昼になった。

お弁当を持って休憩スペースへ移動していた際、肩を叩かれる。

「時雨さん」

「えっ。紀谷さん⁉」

振り向くと、そこには日曜日に顔を合わせた紀谷さんがいてびっくりした。

「こんにちは。先日からジョインコネクトに訪問させていただいていましたので、いつかは会えるかもとは思ってましたが、まさかこんなに早くお会いできるとは」

彼もまさに今『まさか』と言っていたけれど、本当にそう。業種的に会う機会があるかも、とは思っていたがこんなに早く会ってしまった。

目を白黒させていると、紀谷さんはビジネスライクに名刺を差し出してくる。

「お世話になっております。マチラモバイルメディア事業部本部長の紀谷剛士と申します」

私も慌てて名刺を受け取ると、自分の名刺を取り出した。

「わたくし、ジョインコネクトアプリケーション開発部、時雨梓と申します」

名刺を交換し、改めて視線を合わせた後に彼が「ふっ」と笑った。

「自己紹介、二度目ですね。時雨さんは休憩ですか?」

「はい。ちょうど今からで……。紀谷さんは……」

「こちらの広報部に用事がありまして。もう済んだのでこれから社に戻るところです」

紀谷さんはさわやかに歯を見せて笑う。

紀谷さんって、気さくで話しやすい。営業にすごく向いていそう。彼もまた、家柄的にゆくゆくは企業を背負って立つのだろうけれど、そういう雰囲気を感じさせない。

並んで歩いて初めて気付いたけど、紀谷さんは成さんと同じく、背が高くスタイルがいい。眉がキリッとしていて男らしい顔立ちの彼は、どちらかといえば優しい容貌の成さんとはまた違う魅力がある。現に、すれ違う女性社員の目は無意識に紀谷さんを追っている。

そろそろエレベーターホールに到着しそうになった時、紀谷さんが口を開いた。

「そうだ。時雨さん、もし今お時間あるなら、少しいいですか？」

私は思わず足を止める。

「ええ。休憩時間ですので大丈夫ですが」

なにか仕事上の話でもあるのかな。それとも、成さんに関わる話とか？　どちらにせよ、オフィス内では落ち着かないかもしれない。

「じゃあ、外に出ます？　近くでしたら平気です」

「そうですか？　ありがとうございます」

私が提案すると、紀谷さんは屈託のない笑顔を見せた。そうして、オフィス近くの商業施設の屋上に移動する。

開放されている屋上には、ちょっとした庭園がありベンチもたくさんある。

紀谷さんが先にベンチに座り、私も続いて少し距離を取って腰をかけた。

「すみません。せっかくの休憩時間に」

「いいえ。それで、私になにか？」

さっきは無邪気な笑顔を見せていた紀谷さんが、なにか言いづらそうにしている。

不穏な空気に感じて眉を顰《ひそ》めていたら、ようやく紀谷さんが口火を切った。

「単刀直入に言いますね。夕花のために身を引いていただけませんか？」

私は目を大きく見開き、気まずそうな表情の彼を見つめた。

「あいつ、鷹藤さんと何度か顔を合わせるたび想いが募っていったみたいなんですが、その後すぐ彼はニューヨークへ発ってしまって。そのうち忘れるかと思ったら、そうでもないようで」

紀谷さんはスッと身体をこちらに向け、頭を下げた。

「あなたたちはお見合いだと聞きました。特別な感情が伴わない関係なら、考えてみていただけませんか？」

私は驚きのあまり瞬きも忘れていた。

この人……夕花さんのために頭を下げてる……？　仕事の合間に私を呼び止めてまで……。だとしたら、相当仲のいい従兄妹だ。私が友恵ちゃんを本当の妹みたいに思うように、彼もまた夕花さんを実の妹のように可愛がってるのかもしれない。

紀谷さんの旋毛《つむじ》を見て茫然としていたら、くしゃみをしてしまった。

この時期、日中は薄手の服一枚で過ごせる日もあるものの、急な展開で軽装のまま出てきたせいだ。屋上だから風もあって、ちょっと身体が冷えてしまった。

紀谷さんは顔を戻し、眉根を寄せる。

「すみません。僕が付き合わせてしまったから……。これをどうぞ」

すると、彼は肩にふわっとスーツの上着をかけてくれた。成さんとは違う男の人の香りにどぎまぎする。

「いえ、私は大丈夫ですから。紀谷さんも寒いでしょうし、お気遣いなく……」

上着を返そうと手を動かしたら、パシッと手首を掴まれて阻まれた。

「いいえ。どうぞそのまま」

突拍子もないお願いはされたものの、紀谷さんから敵意は感じられない。むしろ、自然に上着を貸してくれたりと、いい人なんだとは思う。でも……やっぱり話の内容が内容だけに気まずい。私は彼のお願いを聞き入れるつもりなどないもの。

目を合わせられずに俯いた時、突風が吹くのと同時に言われる。

「もしも婚約破棄によって、あなたに同情の目がいくようでしたら、僕があなたに大々的に婚約を申し込みます」

「は……？」

風の音がやみ、一瞬時が止まった錯覚に陥った。

風で飛ばされないよう、彼の上着を咄嗟に掴んだ手は力が入ったまま。

私の瞳には、にっこりと満面の笑みを浮かべる紀谷さんが映っている。

「そうしたら、〝破談になったかわいそうな元婚約者〟というイメージもなくなるでしょう?」

私は戸惑いを隠せず固まった。

どうして簡単に、気さくでいい人なんて思い込んだの。よくよく考えたら、彼ほどの若さで本部長を任されているほどの人。ただのいい人なわけがない。利発で相手に与える印象くらい計算できるはず。

この状況に耐えきれなくなって、すっくと立ち上がる。肩にかけていた上着を脱いで、紀谷さんへ差し出した。

「これ、ありがとうございました。紀谷さんが風邪をひいてはいけませんし、私もう戻りますね。失礼します」

一方的に挨拶をし、そそくさと出口へ足を向けた。瞬間、腕を掴まれ、思わず振り返る。

「僕のお願いの返事は――」

「ごめんなさい」

彼の目を見て、はっきりと口にした。

紀谷さんは一瞬目を大きくさせたものの、またもとの表情に戻った。おもむろに手を離し、変わらず柔らかな口調で言う。

「こちらこそ急でしたね。では時雨さん、また」

頭の切れそうな彼は、やっぱりひと筋縄ではいかないみたい。

私は『また』という言葉を受け流し、逃げるように屋上を後にした。


夜になり、夕食やお風呂を済ませ、私は自然体を装って話を切り出す。

「実は今日、オフィスに紀谷剛士さんがいらして……ご挨拶しました」

ソファで寛ぐ成さんを敢えて見ずに、さらりと続ける。

「前にお会いした時、マチラモバイルにいらっしゃると聞いてすぐ、もしかしたらって思ってはいたんですけどね。びっくりしました」

本当は話題に出したくもなかったが、どこで紀谷さんが成さんと会って話してしまうかわからない。

成さんは本を読む手を止め、眼鏡を外して呟いた。

「紀谷さんと……？　そう」

成さんの反応がなにか含みを持っているものに思えて、自分が不自然だったのかと内心慌てた。すると、なぜか成さんの方も重そうに口を開く。

「ごめん。言おうか迷ったんだけど、余計な心配させたくないからやっぱり言うよ。最近よく夕花さんから連絡がくるんだ」

彼の告白に目を丸くする。

驚いた理由は、夕花さんからの頻繁な連絡の事実ではなく、包み隠さず報告してくれた成さんの行動だ。

「こちらに好意を持ってくれているってわかってても、それがどういった類のものかまではわからないから、安易に退けることもできない状態で」

成さんは憂慮している様子で額を押さえている。

確かに、明確な告白を受けてもないのに拒否はできない。だけど、結婚してる旨を伝えれば遠回しに断れると思う。成さんがそうしない理由が、なにかある……？

紀谷さんに会った際に抱いた違和感を思い出し、小さい声で尋ねた。

「あの……この間のパーティーの時に紀谷さんには私たちが結婚してること、話さなかったんですか？」

とても勇気がいる質問だった。なぜなら、私もまた夕花さんに結婚の事実を伝えず、挙句に旧姓を名乗ってしまったから。

てっきり紀谷さんに伝えたのだと思っていた。しかし今日、紀谷さんが『婚約破棄』と言ってたのを聞いて違うとわかった。知っていれば『離婚』と言うはずだもの。

「ああ……。そうだね。ビジネス関係の相手とはあまりプライベートの話にまで発展しないしね」

そうか。言われてみれば、ビジネスシーンでそういう話題になってもいないのに、いきなり自分の話をしたりはしないよね。

「どちらにしても、結婚を発表するのはもう少し先にしようと考えてるから」

成さんの言い分に納得した直後、彼の最後の言葉に衝撃を受ける。

これまでかなりグイグイと迫られてきたのもあって、成さんはすぐに報告して回りたいものと想像していた。知らないうちに自意識過剰になっていた自分が恥ずかしい。

だけど、ここにきて慎重になられると否が応でも悪い方向に考えてしまう。

お見合いしてから結婚するまでは、あれだけ強引に話を進めてきたのに。なぜ急に後延ばしにするの……？

気付けばすぐ後ろに成さんが立っていて、しなやかな腕が絡みついて抱き留められた。私は肩を上げて固まる。

「梓」

旋毛に鼻先を埋《うず》められて名前を呼ばれたら、心拍数が急激に上がって全身が熱くなる。微動だにせず立っていると、成さんは回していた腕にぎゅうっと力を込めた。

「話を戻すけど、彼女とは会社同士で繋がりがあるだけに、また会う可能性は否定できない。でも、なにもないから。それだけは覚えていて」

頬にキスが落ちてきた後、首を回して彼を見上げる。今度は唇に触れられて、徐々になにも考えられなくなった。

成さんのキスは、いつも思考を埋め尽くす。

彼が微妙な答えをしようとも、自分は家柄で求められているかもと懸念しても、彼に触れられたら不安や心配を忘れ、現実逃避してしまう。

それではいけないとわかっていても……。


翌日。いつものように出社していた私は、休憩時間を迎え、なにげなくスマホをチェックする。すると、友恵ちゃんから新着メッセージがきていた。

【実家に戻ってお父さんと話をしたら、彼との交際認めてもらえたよ】

「えっ！」

思わずデスクで声をあげてしまう。周りの社員に笑ってごまかし、お弁当を手に持ってそそくさとオフィスから出た。近くの小さな公園のベンチに座り、改めてメッセージを読み返す。

嘘……！　本当に⁉　やったあ！

思いがけない朗報に、まるで自分のことみたいに喜んだ。

特に大企業の跡取りなどでもない友恵ちゃんの彼が、伯父にすんなり認められたのは意外だった。もしかしたら伯父は、友恵ちゃんが家出してずっと会えなくなるくらいなら……と思って許したのかもしれない。

メッセージの受信時間が約五分前なのを見て、私は我慢できずに友恵ちゃんに電話をかけた。

《もしもし？　梓ちゃん？》

「友恵ちゃん！　今メッセージ見た！　よかったね～！」

《ありがとう。一番に梓ちゃんに報告したくて》

弾んだ声から友恵ちゃんの喜びと安堵の気持ちが伝わってくる。

《でもまだきちんと彼に納得してる感じじゃないの。お父さんは肩書きとか気にしがちだけど……これから時間をかけて結婚相手として正式に認めてもらうためにふたりで頑張ろうって話をしてるよ》

「肩書きじゃなく、認めてほしい……かあ」

ふと、今の自分と重なっている気がして思わず呟いていた。

《どうしたの？　なにかあった？》

友恵ちゃんの質問に、失笑しながら答える。

「私、分家とはいえ時雨家の一員で、そのおかげで友恵ちゃんの代わりとして白羽の矢が立って成さんと知り合えたんだよなあって、つくづく思っちゃって。〝時雨〟であること以外に、私に魅力なんてあるのかな……」

《あるよ！　しっかりしてるし努力家だし！　約束は絶対に守るし、いつも相手を慮って、すごく優しいわ！　鷹藤さんだって、そういうところに惹かれたのよ》

私のぼやきを、友恵ちゃんは食い気味で否定してくれた。

真剣な声音でそう言ってくれて素直にうれしかった。でも、友恵ちゃんは私と過ごしてきた時間が長いから。私をよく知る彼女だからこそ言える言葉であって、出逢ってたったひと月の成さんが同じように思ってくれてるとは考えがたい。

私も成さんくらい、わかりやすく魅力満載ならなにも悩まないんだろうけれど。

「そうだといいね」

友恵ちゃんは一生懸命フォローしてくれたけれど、私は弱々しく笑って返すので精いっぱいだった。

週末はあいにく天気が悪く、成さんと家でゆっくり過ごした。

休日の間、何度か成さんのスマホには着信がきていたけれど、夕花さんからなのかは確認していない。

不安じゃないと言えば嘘になる。だけど、成さんは土日の間、ずっと一緒にいてくれた。それがとてもうれしかった。

週明け以降も特に変わらぬ毎日を過ごし、あっという間に金曜日を迎える。

私は朝からバタバタと仕事に追われ、定時目前にいろんな部署を回っていた。

総務部を後にし、廊下に出た瞬間、人とぶつかりそうになった。

「きゃ！　す、すみませ……え？　紀谷さん？」

ふいうちの再会に戸惑いを隠せない。彼もまた一瞬驚いた表情をしたが、すぐに笑いかけてきた。

「こちらこそ。まさかちょうど出てくるとは思わなかったものだから」

紀谷さんとはあれ以来、顔を合わせていない。

また会った時はどうしようかって考えてなかったわけじゃない。しかし、こうも突然だと、用意していた言葉もすっかり頭から飛んでしまう。

茫然としていると、紀谷さんは「ははっ」と楽しげに声を漏らした。

「開発部へ行ったら、時雨さんは経理部へ行ったって聞いて。経理部へ出向けば今度は広報へ行ったようだって。そして、ようやくここで捕まえた。どれだけ働くの？時雨さんって」

「え？　いえ……。私の仕事量なんかまだまだ……」

くすくすと笑い続ける紀谷さんは、この間よりもずっとフランクだった。

私は戸惑いつつも、彼の笑いが収まるのを黙って待つ。すると、ようやく落ち着いた紀谷さんが言った。

「時雨さんも社長令嬢だろう？　きっと、そこまで必死に仕事をしなくても咎められたりしないでしょ。それなのによく働いてるんだね。周りの社員たちもどうやら時雨さんと対等に接してるみたいだし」

「なにを仰りたいんですか？」

私には仕事をこなすなんて無理とでも言われているみたいで、内心むっとする。

そんな私の心情を察したのか、紀谷さんは慌てて訂正する。

「あ、いや違うんだ。めずらしいなって思って。俺は今まで、仕事とか興味なく美容や趣味や習い事に精を出すようなお嬢様にしか会ったことなかったから」

どうやら彼は、単純に『めずらしい』という感想を抱いただけらしい。

「私は別にいいと思いますよ。そういう方がいらっしゃっても。単に私は仕事が趣味みたいなものというだけです」

人には向き不向きがある。私は着付けや華道、ピアノとかは得意じゃないけど、今のような仕事は苦じゃないし、むしろ興味があるから入社したわけで。

その時、スマホに着信がきた。私はポケットから出して画面を確認し、とりあえず消音にする。

「あれ？　それ、もちマロじゃない？　時雨さん好きなの？」

「えっ。ご存じなんですか？」

男性の方からキャラクター名を言い当てられるのは稀で、思わず反応した。

「ああ。前にうちが作ったノベルティのコレクトケースに、そのキャラを使わせてもらってたから」

「そうなんですか？　羨ましいな」

自分の好きなものの話題になり、ついオフィス内ということや取引先の人ということを忘れて話をしてしまう。けれども、彼は特に気にしていない様子でポケットからスマホを取り出すなり、なにか操作した。

「ちょっと待って……あ。これなんだけど」

ディスプレイを向けられ、おずおずと顔を近付けた。

紀谷さんのスマホのディスプレイには、開封されたダンボールにいっぱいのグッズが映っている。丸い形をした手のひらサイズのコレクトケースだ。もちろん色はもちマロの白色で、ケースの形自体が顔の輪郭になっていてとってもかわいい。しかも、表情のバリエーションがいくつかあるみたい。

私は夢中でディスプレイを観察し、十数秒後にハッと我に返る。めちゃくちゃかわいくて、完全に素を晒してしまった。

ばつが悪い気持ちで紀谷さんを見れば、口を押さえて笑いをこらえていた。

「時雨さんて、凛としてるかと思えばそんな緩んだ顔もするんだ。かわいいな」

か、かわいいって……。

瞬く間にカァッと顔が熱くなる。とてもじゃないけど、恥ずかしくて目を合わせられない。

「確か倉庫に余ってたはずだから今度持ってくるよ」

「えっ、いいんですか？」

羞恥心でさえも、もちマロには敵わず顔を上げてしまった。

「はは。本当に好きなんだね。大丈夫だよ。約束する」

紀谷さんがこれまで以上に楽しそうに眉尻を下げて笑ってるのを見て、我に返る。

「ず、図々しかったですね。すみません、やっぱり遠慮します。お気持ちだけで。では、私は戻りますので」

ペコッと頭を下げ、逃げるようにしてすぐそばのエレベーターホールへ足を向けた。

知り合って間もない取引先の人に、馴れ馴れしい態度を取ってしまった。好きなものを目の前にするとこれだから……。

私はそそくさとエレベーターに乗り込み、上昇する中、深く反省した。


一時間ほど残業し、そろそろ切り上げようかと思い、データを保存する。

そういえばさっき紀谷さんと話していた時、新着メッセージが一件きていた。仕事も一段落ついたし、とスマホを手に取り内容を確認する。

【今日はマチラの副社長と食事してくるよ。帰る時にまた連絡する】

成さんだったんだ。マチラ……。その社名を見れば、否が応でも彼女を思い出す。

成さんはあえて詳細を伝えてくれたんだ。それは、なにもないから心配しないでっていう証拠。

私は〝わかりました〟という、もちマロのスタンプをひとつ返信し、スマホをデスクに置いた。次の瞬間、ぎょっとする。

えっ！　もちマロのリングストラップがない！　嘘でしょ！

角度を変えて何度確認してもストラップの存在はなく、デスク周りを探してみても、やっぱり見つからない。今日は外出していないとはいえ、この広いオフィス内を歩き回ってたから……どこかで落としたんだ。

お気に入りのものをなくしたショックで、しばらく項垂れる。

紀谷さんと会った時点では確かにあったから……オフィス内なら探せば見つかる可能性はあるよね？

気持ちを切り替え、帰る準備を急いで済ませる。今日の行動を辿ってあちこち捜索したが、どこにも見当たらず途方に暮れる。

紐が弱くなってきていたのに気付いていて、そのままにしていた自分が悪い。頭でそう思っても、落ち込む気持ちは変えられなかった。

腕時計で時間を確認したら、もう七時になる。

あきらめてオフィスを出ると、スマホが着信を知らせる音を鳴らした。バッグから取り出して確認したら、知らない番号から。

不審に思いもしたけれど、仕事上いろんな人と名刺の交換もしている。もしかしたら、誰かが登録外の端末からかけてきているのかもしれない。

「もしもし」

《もしもし。時雨さん？　紀谷です》

「……紀谷さん？」

驚きのあまり反応が遅れた。

そうだった。いつもならすぐに電話帳に登録するんだけど、紀谷さんは仕事とは関係のない件でいろいろ言われたのもあって、そのままにしていた。仕事上で私が直接やり取りする相手ではなかったし……。

《今、帰宅中？　ごめん。本当はもう少し早い時間に連絡しようと思ってたんだけど、仕事が押して》

「いえ、今オフィスを出たところですから。ところで、ご用件は？」

まさか、まだ成さんとの婚約を破棄してほしいとか言われるのかな。今日も咄嗟に彼から逃げるようにして別れたし……。

《時雨さん、今夜時間ある？》

「え？　今夜って……あの、なにか……？」

警戒心丸出しで答えてしまった。だけど、彼が私を誘う理由はひとつしか浮かばないし、それは私にとって憂鬱なものでしかない。できれば会わずにこの電話で済ませてほしいのが本音だ。

すると、スピーカーから意外な答えが返ってくる。

《今日、別れ際にスマホのリングストラップを拾って》

「えっ！　紀谷さんが拾ってくれてたんですか！」

親切で連絡をくれていたのに、私ってば……！

《もしかして探してた？　ごめんね。社に急いで戻らなきゃならなくなって、すぐに届けられなかったんだ》

「いえ。拾っていただいてありがとうございます。よかったあ」

《じゃあ、これから渡したいから少し会える？　場所は――》

そうして私は、お気に入りのものが見つかった安堵感を抱いたまま、紀谷さんに告げられた待ち合わせ場所に足を向けた。

数十分後。私は東京駅前のホテルのロビーまでやってきた。

冷静になった今、なぜわざわざこんな場所に?と首を傾げていたところに、紀谷さんの姿を見つけた。

「時雨さん。お疲れさま。ごめんね。ここまで来てもらって」

「いえ……」

電話で彼に指定された場所が、この高級ラグジュアリーホテル。

なくしたリングストラップが見つかった喜びが先に来て、待ち合わせ場所の違和感に今さっき気づいた。

密かに警戒していたら、彼は邪気のない笑顔でポケットから落としたリングストラップを出した。

「はい。落とし物はこれでしょ?」

「あっ、ありがとうございます。仕事の後、ずっと捜してて」

「そっか。それならよかった。あとうちの会社にあったやつも。はい」

私の手に乗せられたのは、夕方スマホで見せてもらったノベルティグッズ。

「もう行き先のないものだし、よかったら受け取って」

「じゃあ……お言葉に甘えて。ありがとうございます」

戻ってきたリングストラップと新しいグッズを見て、うれしい気持ちが込み上げる。

大事にバッグへしまおうとした瞬間。

「ごめん」

「え？　あっ……」

謝罪の言葉と同時に、今しがた返されたリングストラップとコレクトケースを奪われた。彼はそれをまたポケットに入れる。

空になった手の所在に困り茫然としていたら、紀谷さんに手首を掴まれた。

「あとでちゃんと返すから、それまでもう少しだけ付き合ってほしい」

「え。ちょっ……」

「とりあえずあっちへ移動しよう」

微笑を浮かべた彼に手を引かれ、ロビーを抜けてエレベーター前まで移動する。

「紀谷さん、いったいどこへ」

彼は上行きのボタンを押し、表示ランプを見上げて言った。

「上階のバー。今、夕花と鷹藤さんがいるはず」

「は……？」

一瞬思考が止まった。でもすぐに、成さんからのメッセージを思い出した。同時に前に言っていたことも頭の中に蘇る。

『また会う可能性は否定できない』

以前も、マチラの社長との約束の場に夕花さんが来たと話してくれた。だとすれば、今日も彼女が一緒にいてもおかしくはない。

でも、なんでバー？　それじゃ、まるでふたりきりでいるみたいな……。

想像だけで胸が痛むのに、直接ふたりの姿を見ればどんな心情になるの。

私が固まっている間に、エレベーターが到着した。有無を言わせず乗せられて、エレベーターは上昇していく。

「紀谷さん！　まさか……」

「そう。ふたりの様子を見に行く」

あっけらかんとして返された回答に唖然とする。

「なぜそんな……！　覗きなんて、趣味が悪いですよ」

掴まれている手を振りほどこうとしても、がっちりと握られていて敵わない。

そうこうしているうちに、三十五階に着いて扉が開いた。紀谷さんはそこでも私を引っ張ってエレベーターから降ろした。

エレベーターホールを出て廊下に踏み出した際、彼が言う。

「進んで覗きたいわけじゃないんだけど、そうしたら君も決断できるかと思って」

「決断って」

「周りのお膳立てでお見合いして婚約まで進んだから、なかなか声をあげづらいんでしょ？　でももし彼と夕花がいい雰囲気だったら、いろんな人を気にすることなく破談を申し出られるよね？」

信じられない発言に絶句する。しかし、紀谷さんの顔から察するに冗談ではないようだ。

まあ今のは全部、私を思ってるわけじゃなくて夕花さんのためなんだろう。

「あなたは夕花さんのためにしてることなんでしょうけど……」

すると、前方の曲がり角から人の気配がした。いち早く反応したのは紀谷さんだ。

咄嗟に私の手を引っ張り、今来た道を引き返し、エレベーターホールに身を潜める。

「ふたりだ」

彼のひと言にドキリとする。

やっぱりふたりきりなんだ。経緯はわからないけれど、とにかく現状から切り抜けたい。私たちがいる場所にエレベーターがあるのだから、成さんは必然的にここへやってくるはず。

私は焦りを滲ませながら、紀谷さんに掴まれている右手に視線を落とした。

この状況こそ、成さんに見られでもしたら勘違いされる——。

隙を見て手を振りほどき、踵を返してエレベーターへつま先を向けた。しかし、すぐにまた腕を掴まれて阻まれた。

「やめ……っ」

「しっ。向こうでなにか話してる」

私は紀谷さんにいなされ、口を噤んだ。またもとの位置へ戻されると、見たくない気持ちとは裏腹にふたりへ意識が向いてしまう。

視界に映るのは、紛れもなく成さんと夕花さん。夕花さんの手には……ルームキー？

ギクリとした矢先、夕花さんが成さんの首に腕を巻きつけた。それから、流れるように彼へ唇を寄せる。

さすがに顔を背け、渾身の力で紀谷さんの手から抜け出すと、エレベーターのボタンを押した。幸運にもエレベーターは待機していて一目散に乗り込む。扉が閉まり切る前に、紀谷さんが滑り込みで乗ってきた。

エレベーターが下降し始めた後、紀谷さんがぽつりと口を開いた。

「身内のラブシーンはさすがに気が引けるな」

私は彼の顔を見る気にもなれず、エレベーターの扉だけを見ていた。

「さすがに俺も驚いた。まさかああいう展開にまでなるとは思っていなく……て」

紀谷さんがふいに顔を覗き込んできたから、パッと身体ごと背けた。

ひどく混乱しているところを見られなくない。その一心だったけど、私のあからさまな拒絶反応に引っかかりを覚えたのか、驚きを隠せない様子で呟いた。

「え……。もしかして、時雨さんって鷹藤さんのこと本気で……」

エレベーターが一階に着き、私は紀谷さんに構わずすぐさま降りて足早にホテルを後にする。

今ではもう、さっきのふたりの光景にすっかり意識を奪われて、大事にしてたストラップリングのことすら頭から抜け落ちていた。

「時雨さんっ。時雨さん、待って！」

しつこく追いかけてくる紀谷さんは、またもや肩を掴んでくる。

苛立ちにも似た思いを抱き、足を止める。振り返ると、紀谷さんは瞳を揺らして困惑していた。

「俺、てっきり時雨さんは、彼とは気持ちの伴わない婚約をしているとばかり……」

もしそうだったとして、今回の行動はかなりのお節介だと思う。

私が無言を貫くと、紀谷さんは乾いた笑いを漏らす。

「そうとは知らず……意地悪をしてごめん」

彼はポケットからリングストラップを取り出し、そっと手に握らせる。

私は立腹していたけれど、なんだかもうどうでもよくなった。

ただ、虚しさだけが残っている。

「本当です。見なくてもいいものを……見ちゃったじゃないですか」

そう答えると同時に抱き寄せられ、びっくりした。

成さんとは違う感覚を抱き、居心地の悪さを覚える。逃れようにも、しっかり抱きしめられていて無理だった。

「うん。そうだよね。本当に悪かった……。だけど、夕花は俺にとってかわいい妹で、小さい時からいつも我慢してきてるの知ってるから、結婚相手くらいは好きなやつとさせてあげたいって思って」

「それはそちらの都合で、私には……」

反論しながら両手で胸を押し退けると、彼の腕の力は緩まるどころか強まった。

「……ちょっ」

困惑していると、彼は真剣な声色で言った。

「初めは夕花のためだけで、破談された君に俺が婚約を申し込むって前に言ったのもその場しのぎの冗談だった。でも今は君さえよければ、それを本当にしてもいいかなって思ってる」

突然のことで頭が全然動かない。

瞬間、彼が旋毛にキスを落とした。驚いて紀谷さんの腕の中から顔を上げると、真剣な面持ちで宣言される。

「君を振り回した責任は俺が取るよ」

紀谷さんは頬に手を添えるや否や、頭を傾けた。私は瞬時に目を瞑って顔を背ける。

直後、後ろから誰かが私の口元に腕を回した。

「なにを……してるんですか？」

聞き覚えのある声よりも先に、鼻先を埋めているコートの香りで腕を回している人物の正体に気付く。

「鷹藤さん」

紀谷さんが呟いた名前で確信に変わると、いろんな感情が湧き出て混沌とする。

助けてくれた――。その安堵も束の間で、夕花さんとのシーンがフラッシュバックし、成さんの顔を見られない。しかも、自分もこうやって紀谷さんと一緒にいる上、微妙な場面を目撃された。

俯いていたら、成さんは私を紀谷さんから引き離す。が、ストラップリングを握る手は紀谷さんに捕らわれたまま。

成さんは彼に握られている手を一瞥して、鋭い視線を向ける。

「紀谷さん。彼女に手を出すのは私が許しませんよ」

成さんの口調は至って丁寧なのに、抑揚がなく冷たい感じがとても怖い。その声音だけで彼が怒りを必死に抑えているのが伝わってくる。

それにもかかわらず、紀谷さんはにこやかに返した。

「なにって、さっき鷹藤さんが夕花としてたことと同じことです」

余裕に満ちた態度に絶句していると、さらに続ける。

「なんで外に出てきたんですか？　てっきりあのまま夕花と部屋に行ったのかと」

「部屋に行く理由がありませんから」

成さんも負けずに即答する。夕花さんのもとには行かずにいてくれた事実に、内心胸を撫で下ろした。

「紀谷さん。その手を早急に離していただけますか」

私の身体に巻き付いている成さんの手は、徐々に力を込められているのがわかる。

紀谷さんはそれを知ってか知らずか、挑発を続けた。

「さて。どうしましょうか。時雨さんを元気づけられるのは、案外僕の方かもしれませんし」

次の瞬間。

「――離せ」

怒りをギリギリのところで抑えた声。

私に向けられたものではないのに戦慄し、思わず成さんを振り返った。彼を見て衝撃を受ける。

これまでの成さんからは想像もできないほど鋭利な眼光。ビリッと感電した錯覚に陥るくらい、激情を露わにしている。

紀谷さんは眉根を寄せ、怪訝な顔つきで成さんに質問を投げかけた。

「随分必死になるんですね。なぜですか？」

成さんは紀谷さんの隙をつき、私を彼の腕から奪って抱き寄せて言う。

「妻が男に手を出されそうになるのを見れば、当然怒るし必死にもなるだろう」

「……は？　妻って。まだ違いますよね？」

苦笑する紀谷さんに、成さんは言い放つ。

「彼女は正真正銘私の妻、鷹藤梓だ。よって彼女は俺のもの。絶対に誰にも渡さない」

成さんの真剣な表情を見て、紀谷さんは茫然としてぽつりとこぼす。

「まさか……本当に？」

彼はこちらにも視線を向けてきた。黙っていたことに気まずさを覚え、ふっと目線を下げる。

「では紀谷さん。私たちはこれで」

成さんは私の肩を抱き、その場を後にする。

紀谷さんは相当驚いたのか、ただ目を剥いて固まっているだけだった。

タクシーでマンションに戻るも、部屋に入るまで互いに無言だった。

ただ、成さんはずっと私の手を繋いでいた。

成さんがリビングに入ってそのままソファへ向かい、腰を下ろした。私は成さんと向かい合い、立ったまま見下ろす。すると、成さんは両手を取って握った。

「梓があの場所にいて驚いた」

成さんは片時も目を逸らさずに話を続ける。

「ごめんね。マチラの副社長とは予定通り会ったんだけど、直前になって食事は夕花さんと一緒にしてほしいって頼まれて」

心の中で『やっぱり』と腑に落ちるも、私は相槌も口に出せなかった。

彼は至極真剣な瞳でこちらを見上げる。

「副社長を見送った後、うまく断ろうとしたら『改まって話がある』と言われたんだ。なにか特別な感情を明示されれば、きっぱり断れると思って、敢えて一度だけ話に乗った。余計な誤解を招きたくないから、個室じゃなくカウンター席を選んでね」

そういう流れは落ち着いて考えれば想定できたと思う。だけど、ふいうちで夕花さんが抱きつくシーンを目の当たりにしてから、冷静でいられなくなってしまって……。

「もちろん、今夜梓に包み隠さず話すつもりでいたよ。でも、さっきの紀谷さんの発言から察するに、どうやらバーを出た直後を見られていたみたいだね」

成さんに微苦笑を浮かべて言われ、私もまた罪悪感が募る。

「すみませんでした……。私がバーに行く前にもっと強く拒否していれば」

やんわり拒否しつつも、結局心の奥で成さんと夕花さんが気になっていたから、紀谷さんについていってしまった。

「いや。俺こそ一瞬油断していたし、そんなところを見せて悪かった。念のため言っておくけど、誘われたけど断ったしキスもしてないよ。梓と一緒で避けたから」

これまで優しい声音だった成さんだったけど、最後のひと言はどこか冷たさを感じた。〝梓と一緒で〟という言葉から、私も成さんと同じことをして、同様に傷つけたのだと突きつけられる。

両手を掴む力が少し強まったのを感じた直後、成さんがぽつりと問いかけてきた。

「ねえ。もしかして、前にオフィスで会った時から彼に言い寄られてた？」

「ちっ、違……」

「じゃあなぜ、彼は梓を抱きしめてたの」

やましい事実は一切ない。それでも大きな誤解を与えてしまい、なかなか顔を上げられない。

「……ごめんなさい」

「なにに対して？ 彼にひとりでついていったこと？ 彼に触れられたこと？」

消え入る声で返すなり、即座に問い質される。

成さんの手が熱い。視線が痛い。手のひらにじわりと汗を握り、懸命に言葉を探す。

「それとも……彼にキスされそうになってたこと？」

続けて質問された言葉に、私は目を見開いた。

「紀谷さんに惹かれてるの？」

静かに問いかけられた言葉に、迷わず首を横に振った。すると、グイッと手を引っ張られ、バランスを崩す。私は前傾姿勢で成さんに覆いかぶさってしまった。慌てて身体を離そうにも、成さんが私の腰に手を置いて拘束する。

さっきよりも、ずっと顔が近い。彼の深い色をした瞳に捕まって、身動きできない。

成さんは形のいい唇をゆっくり開く。

「――本当に？　あの人が現れたから、この前の俺の言葉を受け入れられないんじゃないの」

『このままずっと俺の隣にいてほしい』

プロポーズの言葉が頭の中に蘇る。

「結婚してても、ためらいなく『時雨』って自己紹介するくらいだし」

成さんの言葉にギクッとした。やっぱり夕花さんといた時のことに気付いて……気にしていたんだ。

瞳を揺らしていると、成さんは私の左手を取り、指を絡ませてそこへ視線を落とす。

「指輪もあれから一度もしてくれてないし」

「あ、それは……ん、むっ」

答えようとするも、唇を塞がれて阻まれる。

力で押さえつけるようなキスで、息継ぎすら許されない。成さんの新たな一面を身をもって知った。

彼はいつしか私の背中と後頭部に手を回し、いっそう動きを制限する。

「はぁ……待っ……んぅ」

一瞬の隙を見て言葉を出そうとするも機会を与えられずに唇を重ねられ、ますます深くなっていく。口内を蹂躙し舌を絡め取られ、艶めかしい音が耳に届く。

息が上がると同時に頬が熱くなり、薄っすらと涙が浮かんでくる。完全に力が抜け落ち、弱々しく彼のスーツを掴んでいたら、やっとキスがやんだ。

肩で息をして潤んだ視界にぼんやり成さんを入れると、彼は悔しそうに、悲しそうに眉を歪めてこぼした。

「……あと何回口づけたら、梓の心は俺でいっぱいになる？」

彼の瞳と声に、自分がどれほど彼を傷つけていたのかを思い知る。

きっと紀谷さん云々以前に、ずっと隣にいてほしいっていう願いをすぐに受け入れず、指輪もしまい込んでいたせいで傷つけた。

「ねえ。教えてよ——梓」

「あっ、んぅ……」

彼は私をソファに押し倒し、再びキスで繊細な気持ちをぶつけてくる。

成さんのポケットから着信音が鳴り始めた。一瞬、思考がそっちに向きかけたけど、成さんはまるで一切聞こえていないみたいにキスに……私に集中している。

もう何度繰り返しただろうか。いつしか着信音も途絶え、しんと静まり返ったリビングで互いに浅い呼吸を響かせる。

私はもの憂げな表情で睫毛を伏せる成さんに、そっと指先を伸ばした。

「ごめん……なさい」

そのひと言に、成さんの瞳は悲しい色に染まった。

そんな彼の顔を両手で包み込む。

「私、どうしても腑に落ちなくて……。一歩踏み込むのをためらってたんです」

「え？　どういう……」

戸惑う成さんに、私は涙目になりながらも笑みを浮かべて見せた。

「成さんみたいな素敵な人が私を選んでくれたことに、どうしても自信を持てなくて。でももうやめます。成さんの気持ちは関係ない」

もう無駄に理由を考えたりするのをやめる。

「私はあなたが好きです」

理屈じゃない。頭で考えるんじゃなくて、心が動く——そんな衝動的な感情がある。

「この先ずっと、成さんの妻でいていいですか……？」

だって今、すごくドキドキしてる。絶対この気持ちが正解だもの。

成さんは驚いた表情から一変し、左手を握って薬指にキスをする。

「んっ」

くすぐったくて一瞬目を瞑り、ゆっくり視界を広げた。すると、安堵とともに幸せそうな笑みをこぼしている成さんが瞳に映し出された。

「ひどいな。俺の気持ち、関係ないの？」

「そういうわけじゃ……っん」

熱いキスに思考が蕩けていく。

唇や頬、瞼や耳、指……身体の全部に触れる彼からは、言葉では言い尽くせないくらいの想いを感じる。肌を滑り、髪を梳かれ、唇を濡らすすべての行為が気持ちいい。

恍惚として薄っすら瞼を開き、彼を見つめる。

「好きだよ。いつもこうやって……めちゃくちゃに乱したくなるほど——」

本当にうれしそうに口の端を上げる成さんと、飽きもせず口づけを交わす。

そっと離れていった後、彼はまなじりを柔らかく下げた。

「俺は初めから梓がいいと願っていた。ずっと一緒にいよう、梓」

彼は極上の笑みで私の存在を確かめるように頬に触れ、もう一度キスを落とした。

それは、さながら誓いのキスだった。

数時間後。

お風呂に入ってから、簡単に作った遅めの夕食をふたりで食べた。

片付けも終えてソファに座った時に、成さんがスマホを手に取った。

「あ。そういえばさっきの電話……。大丈夫でしたか……?」

込み入っていた時にかかってきた電話とはいえ、急ぎの用件だったらどうしよう。

「うん。夕花さんからだ」

「えっ」

成さんの返答に心底びっくりし、声をあげて固まった。

成さんはスマホをテーブルに戻し、隣に座って私の頭を撫でる。

「さすがに無視し続けることは難しいから、次に着信があれば出るよ。でも」

「はい。もう私は平気ですから」

これは強がりじゃない。自分自身の不安定だった気持ちが、覚悟を決めたら根を張ることができたから。

「そういえばさっき伝え忘れましたが、私が夕花さんに『時雨』と名乗ったのは、単純にまだ『鷹藤』に慣れてなくて咄嗟に出てしまったんです。ごめんなさい」

私の説明を聞いた成さんは目を丸くした後、片手で顔を覆ってため息をついた。

「俺の思い過ごしだったのか。てっきり、俺との結婚に抵抗があるのかとばかり」

「すみません。会社でも旧姓のままですし……こう、初めから急展開の連続でなかなか実感も湧かなくて」

肩を竦めて謝ると、成さんはゆっくり手を下ろした。私は膝の上に置いた手をきゅっと握りしめ、意を決して口を開く。

「成さんも、この前『結婚を発表するのはもう少し先にしようと考えてる』と仰ってましたよね。私に対しては初めから少し強引にさえ思えたので……意外な答えでした。やっぱり私との結婚に慎重になるべきと判断したんだと思っ……きゃっ」

言い終える直前、押し倒された。成さんは影を落とし、まっすぐ見据えて答える。

「あれはかなり自制していた。梓の本心をきちんと聞いてからじゃなきゃ、君は嫌々俺と一緒に居続けると思った。何度も言ってるけど、梓の意思で俺のそばにいてくれなきゃ意味がない。だから……周囲への報告は控えていた」

「私の……ため……?」

予想外の真実を知り、大きくさせた瞳に成さんを映し出す。

「梓」

柔らかな声音で名前を呼ばれ、そっと顔に手を添えられる。

「俺が愛してるのは梓だけだよ」

優しくて熱のこもった目で見つめて言われた。

胸のつかえが取れた今、彼の言動がすごくうれしくて面映ゆい。

「私も……愛して、ます」

こんなセリフ言ったことない。人生の中で一番恥ずかしい。

顔が真っ赤なのがわかるほど熱くなって、たまらず俯いた。刹那、顎を捕らわれクイッと上を向かされる。

「……ん」

唇を重ねられ、徐々に深くなっていく過程でソファが軋む音と、時々聞こえるリップ音や吐息が身体の奥を熱くさせる。唇が離れていくのに合わせ、ゆっくりと瞼を押し上げると、目の前に妖艶な笑みを浮かべている成さんがいて胸が早鐘を打った。

ついさっき、なにもかもを忘れてお互い求め合ったばかり。まさかまた甘い展開になるとは予期してなくてドキドキする。

成さんが耳元に鼻先を近付けて、たっぷりと蜜を含んだ声で囁いた。

「明日が休日でよかった。ゆっくり過ごせるね……梓」

瞬間、全身が急激に熱くなる。

彼は私の反応を見て満足げに目を細め、口に弧を描く。そして、その魅惑的な唇を首筋に這わせた。

「成さ……っん、あぁっ」

成さんの身体の重みと熱に、たちまち理性を奪われる。

すべてを曝け出して抱き合うことが、こんなにも幸せなのだと初めて知った。

その夜、彼の電話が鳴ることはなく、私は何度もたくましい背中に爪を立てた。


翌朝はアラームもセットせず、心ゆくまで眠っていた。

若干身体の怠さを感じつつ、ゆっくりと起き上がる。

隣を見ればもぬけの殻。窓の外はすっかり明るくなっていて、時計を確認したらもう十時を過ぎている。

私はベッドを降りてリビングへ向かう。リビングに入りキッチンに目をやると、成さんが立っていた。

「おはようございます……遅くまで寝てしまってごめんなさい」

すでにきちっと着替え終わっている成さんに対し、自分はパジャマ姿だ。一緒に生活してもうすぐひと月、されどひと月だ。まして彼を好きになってしまったのだから、恥じらう気持ちは大いにある。

「いいんだよ。昨日は俺が遅くまで寝かせなかったからね」

成さんは臆面もなく、昨夜を彷彿とさせるセリフをさらりと言う。言われた私の方が恥ずかしくて、頬が熱くなった。

「梓みたいな料理はできないけど、簡単なサラダとトーストを用意するから、着替えておいで」

成さんはコーヒーを準備しながら優しく笑った。

朝食をいただいてゆったりと過ごし、今日の予定について成さんが話し始めた時にスマホが鳴った。途端に脳裏に夕花さんが浮かんだ。

成さんはソファから立ち上がり、スマホを確認して一瞬止まる。そして、ディスプレイをこちらに見せた。

「夕花さんだ。出てもいい？」

私が「どうぞ」と了承すると、成さんはスマホを耳に当てた。

「はい。鷹藤です」

成さんはあえて隠しごとをしない意味を込めて、目の前で話をしているのだと思う。話している内容までは聞き取れないけれど、会話の雰囲気はあっさりとしている印象だった。その時、ふいに成さんが私を見た。

「彼女に話があるのでしたら、今横にいますが。電話を代わってもいいか聞いてみましょうか」

成さんの言葉に驚いていると、スマホを差し出された。

いったいどういうことか理解できず、ぽかんとする。

「梓に代わってほしいって。どうする？」

成さんに言われ、目を見開く。

夕花さんが私に……？

一瞬戸惑ったものの、おずおずと右手を伸ばす。

「わかりました。……もしもし。お電話代わりました」

《時雨さん？　ああ、違いましたね。鷹藤さんなのよね。でもややこしいから、梓さんと呼ばせてもらいますわ》

「えっ……」

夕花さんが私たちの結婚の事実を知っていることに驚き、言葉を失う。しかし、すぐに成さんが昨夜伝えたのだろうと察した。

つまりこの電話は、結婚を黙っていた私に怒りをぶつけるため……？

構えていたら、彼女が話し出す。

《昨日、剛士が成様と路上で揉めたんですってね。さぞ注目されたでしょう？　わたくしはその場にいなくてよかったわ》

「揉めたっていうか……」

周りに注目されるほど、派手に言い合いや衝突したわけではなかったはず……多分。それでももしかすると目立っていたのかも。

《人目も憚らず……考えられないわ》

「あの。そこまで大事だったわけでは」

《成様は常に冷静沈着な方のはずなのに》

夕花さんは電話口で失笑し、話を続ける。

《知っているようですからあえて伏せません。ホテルのバーを出た後にわたくしが迫っても、成様は眉ひとつ動かさずに鮮やかに躱しました》

覗き見してしまった時の光景を思い出し、微かに胸が軋む。

なにもなかったと聞いても、やっぱり目に焼きついたものは印象強く残る。

瞼を伏せ、気持ちを落ち着けていたら彼女の小さな笑い声が耳に入った。

《あの瞬間、彼の心を動かす力はわたくしにないと思い知らされました。とても親切で優しいけれど、決して特別な扱いではなかった。成様は明らかに線を引いていた》

清々しさを感じる夕花さんの声に、私は気付けば俯きかけていた顔を上げていた。

《その直後の話だもの。彼がなりふり構わずあなたを奪い返したのは……。勝負の結果は明白ですね。本当はとても悔しいけれど、成様を想うなら身を引くのもひとつの方法――そう言い聞かせて、潔くあきらめます》

まっすぐな彼女に初めは戸惑うばかりだった。はっきりと自分の気持ちを晒せる強い彼女が羨ましい。

「夕花さん。私、公正にって言われていたのに……黙っていてごめんなさい。白状すると自信も実感もなかったんです。だから堂々と言えなくて。でもそれは私の問題で、夕花さんに嘘をついていいわけではないですよね。本当に申し訳ないと思ってます」

わざとではなくても、隠したのは事実。後ろめたい思いをずっと抱えていた。

《もういいですわ。結婚してもしていなくても、彼が想いを寄せている相手があなた

だと明々白々でしたから。まあ梓さんが今も自信ないと仰るなら話は変わりますが》

「いえ。夕花さんのおかげで前に進めて自信が持てました。ありがとうございます」

スピーカーの向こう側が一瞬静まり返り、その後くすくすと笑い声がした。

《あなたじゃなかったら、同じセリフを言われたら嫌味に思えて憎らしく思ったかもしれないわね》

「えっ」

《でも、あなたの言葉は本心からだって伝わったわ。それにしても、ライバルだったわたくしに素直に感謝するなんて、おもしろい方ね》

戸惑う私に彼女は最後まで穏やかな雰囲気のまま、通話を終えた。振り返ると、成さんが心配そうにこちらを見ている。

「彼女、なんだって?」

私はスマホを成さんに返しながらぽつりと答えた。

「またどこかで会いましょうって言われました」

夕花さんは最後に柔らかな口調でそう言った。私が彼女を嫌悪していないように、彼女も私を嫌ってはいないのかもしれない。

成さんもまた目を白黒させていた。

「へえ。なんだか不思議な人だな……まあ一段落したならいいか。ところで、今日の予定なんだけど、夕方頃に行きたい場所があるんだけどいいかな」

「はい。外食ですか？」

「それもあるけど、その前に少し寄り道したいんだ」

どこへ寄り道するのかな？と疑問になったけど、どうやら行き先は内緒みたいだったから、それ以上は聞かなかった。


夕方六時近くなれば、すっかり外は暗くなる。

私は成さんに連れられ、車で虎ノ門までやってきていた。

成さんは車をとあるビルの屋内駐車場に停める。

「成さん？　このビルに用事があるんですか？」

この辺りは取引先も数件あって、よく来る地域だ。車を駐車したビルも時々通りかかるけど、特に飲食店や小売店の看板は出ていなかったはず。

「うん。降りよう」

成さんに言われ、車から降りる。車外はすっかり気温が下がっていて寒い。

身震いをし肩を窄めていたら、成さんに手を握られて彼のコートのポケットに招かれた。

一度駐車場を出てビルの入り口へ回る。十五階建てのビルで、いろんなオフィスが間借りしているようだ。

成さんについていき、ビルに入って辺りを見回せば、案内板にはやはり複数のオフィス名が連なっていた。

成さんは迷わず廊下を進んでいき、エレベーターホールにたどり着く。

彼の行動を観察して、どうやら初めて訪れる場所ではないらしいと感じる。

エレベーターに乗り、成さんは十階のボタンを押した。

「成さん、ここは？」

「レンタルオフィス。七階から十階まで、個別の専用スペースを賃貸してくれる場所なんだ」

「ああ！　話には聞いたことがありますが実際に訪れたのは初めてです」

確か、小さな部屋にデスクと椅子があって、集中して作業をするためなどに個人で借りたりする部屋だ。いわばアパートを賃貸契約するのと同じ原理。

「って……え？　成さんが借りてるんですか？」

「うん。アメリカに渡る前にも使ってて。だから、今回も戻ってきてすぐ契約したんだ。職場に残っていたら周りに気を使わせるし、自宅だと仕事とプライベートの線引きが曖昧になりそうで」

成さんの説明を聞いているうちに、十階に到着する。

エレベーターを降りて再び廊下を歩き、ひとつのドアの前で立ち止まった。成さんはキーを出して解錠する。そして、ドアを開けて私を先に促した。

「え……？　いいんですか？」

「うん。機密事項のものはないからね」

私は言われるがまま、室内に足を踏み入れる。

中は六畳ほどのこぢんまりとした部屋。壁紙もシンプルなクリーム色で、ダークブラウンのデスクと椅子が置いてあり、机上はきちんと整頓されていた。

部屋に気を取られていると、成さんはデスクの引き出しを開けている。中から封筒を取り出し、ふいにこちらへ差し出すものだから、きょとんとする。

「見てみて」

成さんに言われ、そろりと受け取った封筒は、よく見たらエンボスでかわいらしいクローバー柄が入っていた。どう見ても仕事と関係のある手紙ではなさそう。

裏側を見て、声をあげる。

「友恵ちゃんから？」

間違いなく、差出人は【時雨　友恵】となっている。

まったく予想がつかなくて、なんとなく中身を見るのが怖くなってきた。

訝しい視線を成さんに向けるも、彼の柔らかな表情に不安は薄れていった。

すでに封の開いた手紙を開く。内容を見てさらに驚いた。

【わたくしにはすでにお慕いしている方がおります。大変申し訳ないのですが、鷹藤様から今回の縁談をお断りしていただけませんでしょうか。こんな失礼なお願いをしますことのご無礼をお許しください】

丁寧な挨拶文の後の本題は、そう綴られていた。消印の日付を確認すると、お見合いの日取りの約二週間前。

友恵ちゃんは内密に成さんへ事前に知らせていたの……？

「友恵さんのお父様はかなり厳しい方みたいだね。まあ、友恵さんは自分でお父様を説得するのが難しいという理由もあったんだろうけれど、俺の体裁も気にしてくれてたんだと思う」

「体裁……」

「彼女が断られる側になれば、俺の矜持は保てると考えてくれたんだろうね」

確かにあの伯父を説得するのは難しかったと思う。友恵ちゃんは気が優しいし……。それでどうしようもなくなって、家を飛び出した。けど、成さんにはこうしてひと言お詫びしていたんだ。

「あっ。だから成さんは私が代わりにお見合いに行っても驚かなかったんですね」

成さんはにっこりと口角を上げて、もう一通手紙を渡す。

「え? まだあるんですか?」

「これはつい最近届いたもの」

その封筒にもやっぱり友恵ちゃんの名前が書かれていた。

おずおずと中身を開き、丁寧な挨拶文から読み進めていくと……。

【梓ちゃんにすべて話してあげてほしいのです。きっと大丈夫です。恋はこれまでの価値観をひっくり返す力がありますから】

えっ。なに、これ? 友恵ちゃんはどういう意味で……。

「話……って?」

不思議に思って尋ねると、成さんは私の両肩に手を置いて椅子に座らせた。それから、数秒ためて口を開く。

「梓って、仕事でこの辺りに時々来てただろう?」

「は、はい。今でもたまに……」

「そう。俺が初めて梓を見かけたのはここへ来る途中だった。上司らしき人に『時雨』って呼ばれてるのをたまたま聞いて、つい振り返った」

「えっ！」

「その時にはもう時雨家との縁談の話は聞いていたからね。あまり多くない印象の名字だし、もしかして……って。だけど、釣書に添えられていた写真の人とはまったく違っていたから人違いだなって思って」

唖然として成さんを見つめる。

もちろん私はまったく気付かなかった。

成さんはポケットからマンションのキーを出した。もちマロのキーホルダーを揺らして続ける。

「それから数日後、また梓を見かけて。明らかに外回り中だったんだけど、このキャラクターが目に入った梓は、一瞬で意識を奪われてた」

「え……？　いつだろう……」

正直、もちマロを見ると見境なくなってしまうのは自覚してるから、どの時のことかピンとこない。

成さんはよほどおかしかったのか、くすくすと思い出し笑いをしている。

「一緒に写真を撮れるパネルとかグッズがあって、興味を惹かれてた梓に一緒にいた男の人が『写真撮ってやろうか』って言ってた」

「あ！　思い出しました。そうそう。特大パネルがあったものだからつい……」

パネルと聞いてすぐにわかった。

成さんの言う通り、仕事で外出していた際にイベントを開催しているのを知って興奮したんだっけ。一緒にいた朝倉さんが気を回してくれたけど、朝倉さんにそんなことさせられないし、まして仕事中だし、と遠慮したんだった。まさか見られていたなんて、恥ずかしすぎる……。

「上司の声かけに、仕事中だからってきっぱり断ってたの見て、融通きかないなあって笑っちゃったよ」

「う……」

「同時に真面目で責任感があるんだろうなあとも思ったけど」

成さんが優しく目を細めて言うものだから、ドキッとした。

「あと軽井沢の時と同じような、好きなものの前では途端にデレる顔がまたかわいくて。すごく印象強く残った。あの日からここへ来る時は、無意識に梓を探してた」

自分の鼓動が早くなっていくのを感じる。

彼が急に跪き、私の両手を握った。

「だから、直前に変わったお見合い相手の写真を見て本当に驚いた。父や祖父がなにか言う前に、俺がこの縁談をぜひとも進めたいって言ったんだ。こんな最高の機会はないと思って」

「成さんが望んで……？　そんなことはひと言も……」

お見合いの日、ふたりで庭園を散歩した時や、その後のデートでも話せるチャンスはあった気はするのに。

私がぽつりと尋ねると、成さんは苦笑交じりに答えた。

「言い出しづらかったから。たまたま見かけてから気になってたって、普通なら怖がられるだろうし」

怖がる……？　お見合いの日にこの話を聞いていたら、確かに今みたいにすんなり受け入れられなかったかもしれない。なんなら警戒したりして……。

「梓へはもちろん、誰にも明かすつもりはなかった。でも、友恵さんには梓を巻き込まないでほしいって詰め寄られて、彼女を納得させるためにすべて話したんだ」

「友恵ちゃん……？」

いっぺんに情報が入りすぎて、なかなか頭の中で処理が追いつかない。

落ち着いて考えてみれば、友恵ちゃんがそんなようなことを言っていたような……。

ひとつひとつが繋がっていく。

ふと成さんを見たら、熱を帯びた眼差しを向けていた。真剣な面持ちに胸が熱くなる。触れられている手もじわりと熱を持って、彼から目を逸らせない。

成さんは、ひたむきな眼差しのまま言葉を紡ぐ。

「俺は初めから梓に惹かれていて一緒にいる。知り合ってからも惹かれていって、今では俺だけを見てほしいって考えるほど想ってる。これからもそばにいたいし、いてほしい」

それはさながら二度目のプロポーズ。

ひと言では言い表せない感情が込み上げてきて、すぐに答えられなかった。

そのせいか、彼は不安げに瞳を揺らして呟く。

「やっぱり……受け入れられないかな……?」

私は黙ってただ首を横に振った。

本当に驚かされることばかり。今もまだ、どこか信じられない。だけど、ずっと前から私を知って見てくれていたことが素直にうれしい。

「もうなにを聞いても受け入れます。私、成さんのこと好きになっちゃってるから」

「それって」

「私を見つけてくれてうれしいと思ってます」

私が微笑んで返すと、成さんは安堵した様子で長い息を吐いた。それから、柔らかく目を細めて言う。

「よかった……。梓。もう少し付き合ってくれる？」

成さんは言うなり、私の手をグイッと引き、椅子から立ち上がらせた。どこへ連れていかれるかと思えば、同じビル内の屋上。

「成さん！　屋上なんて、勝手に入って大丈夫なんですか？」

「屋上の出入りの許可もらってあるから大丈夫だよ。このビルは知り合いが管理してるんだ」

「そ、そうなんですか？」

成さんはそう言って、屋上の扉を開けた。私は先を行くよう促され、おずおずと屋上へ一歩足を踏み入れる。瞬間、華やかな光景に思わず言葉を失った。

普通、ビルの屋上ならコンクリートの床とフェンスで囲われた無機質な場所を想像すると思う。けれども目の前にある景色は、人工芝で一本道が作られていて、その道に鮮やかな花々が彩りを添えている。スポットライトも当てられていて、華やかな空間となっていた。

「今朝連絡をして急いで準備してもらったから、これが限界だったけど」

成さんは私の手を取ってはにかんだ。

緑の道を進んでいき、つきあたりまで行くと、そこもたくさんの花で囲まれていて、ちょっとしたステージみたい。周りの夜景も相まって、本当に幻想的な世界だった。

「綺麗……」

フェンスの外を眺めて思わず呟く。

街の音が遠くに聞こえる中、成さんは至極真剣な瞳で言った。

「初めから梓を誰かの代わりだなんて思ってない。俺は君だけが欲しかった」

繋がれていた左手の甲に、そっとキスを落とされる。

「凛とした梓の無邪気でかわいい笑顔に心を奪われた。一緒にいるようになってからも、自分よりも相手を思う優しい梓が魅力的だと感じたよ」

胸が甘い音を上げていく。彼の唇が触れた手は熱を持って、じわじわと身体全体を侵食していく。

「俺のすべてを伝えた上で改めて言わせて。これからも俺のそばにいてくれませんか」

成さんの情熱的なプロポーズに、一瞬、素敵な景色さえも忘れて彼だけを瞳に映していた。

肩書きだけで必要とされているのではという不安は、自分で吹っ切ったはずだった。けれども、心の奥底では小さな火が燻っていたんだ。それももう、すっかり消え去っている。

「――はい。私でよければ」

出逢って間もない人と恋に落ちるなんて現実的じゃないって、ずっと思っていた。単に私がそういう相手と出逢ってなかっただけだって、今なら言える。

「本当に？」

これまで強引でなんでも完璧な成さんが、心配な表情で窺うように確認してくる。私は彼の予想外の反応に面映ゆさを感じ、頬が緩んだ。

「本当です。さっきも伝えましたが、私も成さんが好きです」

すると、彼は頬に手を添えるなり額をコツンとぶつけ、長い睫毛を伏せて至近距離で囁く。

「ホッとした。三カ月で梓に振り向いてもらわなきゃって、内心すごく焦ってたし」

「全然そんな風に見えませんでしたよ。いつも余裕ありそうで」

「余裕？　梓はまだわかってないね」

突如、成さんの声が低くなり、ドキッとする。ゆっくりと視線を上げれば、精悍な顔つきをしていた。

「余裕なんかないよ、全然」

そして彼は、私をきつく抱きしめて瞬く間にキスを落とす。

重なった唇は、初めこそ外気に当たっていたせいで冷たく感じたものの、すぐに熱くなっていく。頬が上気する中、繰り返されるキスで次第になにも考えられなくさせられた。

成さんは名残惜しそうに離れていくと、軽く眉根を寄せて困ったように笑う。

「幸せすぎてどうにかなりそう。ずっと大切にすると誓うよ。愛してる」

彼の腕の中で私は同じ気持ちを抱き、広い背中に手を回した。

週が明け、驚く出来事が起きた。

いつものように仕事をこなし、定時直後にオフィスを出たところで紀谷さんに声をかけられた。彼は、前に渡しそびれたからと言ってコレクトケースを届けに来てくれたのだ。

私はまだ気まずさが残る中、彼はもとのように気さくに振る舞う。

「いや、驚いたな。ふたりがもう結婚してたなんて」

「本当にすみません。紀谷さんと夕花さんを振り回してしまって……」

「振り回したのは夕花だから。まあ、俺もか」

紀谷さんはカラカラと笑った後、真面目な顔つきに変わる。

「夕花から聞いてるよ。電話で話したんだって？　どうやら夕花も吹っ切れたみたいだし、この話はもう終わりだね」

「はい。私、次に夕花さんとお会いできたなら、いろいろとお話してみたいです」

あれから思っていた。以前成さんが言った言葉を借りるなら、『個と個の付き合い』をしてみたら、彼女と仲良くなれるんじゃないかなって。なんとなく、気が合うような予感がする。

すると、紀谷さんが吹き出した。

「ははは。時雨さんって本当おもしろいなあ」

「紀谷さんと夕花さんはやっぱり従兄妹ですね。同じこと仰って笑ってました」

紀谷さんはふいに笑いを止め、私を見る。

「ここだけの話、時雨さんが結婚してるのはちょっと残念だったけど、鷹藤さんの剣幕を目の当たりにしたら俺が付け入る隙はないね」

「えっ」

「じゃ、また。鷹藤さんによろしく」

彼はそう言い残し、爽やかに手を上げて去っていった。


その後、帰宅して成さんと食事を済ませた。

成さんがお風呂へ行っている間片付けを終わらせ、ソファ横に置いたままのバッグを拾い上げる。おもむろに中に入れたままのコレクトケースを手に取った矢先。

「それかわいいね」

「あっ……」

ちょうどお風呂上がりの成さんが背後に来て見つかってしまった。

やましいことはないし、隠すよりもさらりと伝えた方がいいよね……？

「これは……今日、紀谷さんがくれて」

おずおずと話すと、一瞬空気が強張る。判断を誤ったかもと後悔するのも数秒、成さんの表情に柔らかさが戻った。彼は私の頭にポンと優しく手を置いて言う。

「嘘だよ。物に罪はないしね。さすがに彼ももう下心はないだろうし」

成さんの反応に胸を撫で下ろし、一緒にソファに腰を下ろす。が、すぐに理由に気付いてあたふたと口を開いた。

「あ。あの。指輪なんですが、やっぱりあの指輪は立派すぎるので普段はつけられなくて……。休日とか、お出かけの時につけさせてもらおうかなって」

この間、成さんが感情的になった際、指輪もあれから一度もしてくれてないと言われたのがずっと心に引っかかっていた。とはいえ、大きなダイヤがついた指輪なんて、普段使いするのは憚られる。

肩を窄めて成さんの返答を待っていると、彼はニコッと笑って手を重ねた。

「うん。わかってるよ。だから、今度一緒に見に行かない？」

「一緒に見に？」

成さんは柔和に微笑んで指を絡めた。

「結婚指輪。それならお互いに仕事中もつけられる。実は入籍してからずっと、早くお揃いの指輪をしたいと思ってたんだ」

お見合いをして即結婚をし、その後婚約指輪とともにプロポーズを受けた。そして今度は結婚指輪を見に行くなんて、本当に順序がめちゃくちゃな話。だけど、そんな私たちのこれまでも、成さんの笑顔を前にしたら悪くはないかなと思ってしまう。

「ふふ。成さんて普段はすごく冷静でカッコいいのにかわいいところもあるんですね」

何気なく言ったことだったけど、成さんが薄っすら頬を赤らめて照れているものだから意外だった。その表情がめずらしくて、つい見入ってしまう。刹那、肩を掴まれ、やや強引にソファの背もたれに押しつけられた。

彼はズイッと私の顔に影を落とし、やおら唇に弧を描く。

「いや。かわいいのは梓の方だよ。だからつい、こうしたくなる」

端正な顔立ちの彼が私だけを見つめ、惜しみなく愛情を注いでくれる。

私は一秒先の幸せを想って、自ら唇を重ねにいった。

「大好きです」

おわり

特別書き下ろし番外編

特別な存在になりたい

九月――。

俺は五年ほど海外で仕事をし、今回やっと帰国した。向こうでの生活もわりとすぐに慣れたとはいえ、やはり日本の空気はホッとするものがある。

「成、久しぶり」

日本に戻り、マンションへ越してすぐに連絡を取ったのは学生時代からの友人、浜《はま》端《はた》という男だ。

彼は不動産を経営していて、俺も社会人になってすぐ、彼の持ちビルであるレンタルオフィスを借りていた。

「久しぶり。元気そうだね」

「おかげさまでな。成は……少し痩せたんじゃないか？」

「そう？　日本にいる時より向こうではランニングの時間を多く取れてたからかな」

「相変わらずストイックに生きてそうだな～。ちゃんと息抜きしてるのかよ」

そう話す浜端は学生の頃と特に変わらない、マイペースでストレスフリーな雰囲気だった。そういうところが彼の長所だろう。

比べて自分は、仕事柄なのもあるがきっちりとした性格で、ついなんでも先読みして動くタイプ。そう考えたら、意識して気を抜かないとずっと神経を研ぎ澄ませたまま過ごしているのかもしれない。

「まあ身体を動かすのが息抜きにもなってるしね。それより、すぐに対応してくれて助かるよ。立地もいいし、部屋が空いてないんじゃないかと思ってたから」

浜端が管理するビルは、いづみ銀行本店に近い虎ノ門にある。自宅マンションへ戻る時間がない時など打ってつけの立地だ。

浜端はカバンの中を探りながら答える。

「ちょうど最後のひと部屋だよ。しかも、成がアメリカに発つまで使ってた部屋！　すごい偶然だよな。ほら。キーだ。場所や使い方は覚えてるだろ？」

「ああ。ありがとう」

俺はキーを受け取った。手のひらにあるキーは数年前と変わらない。

「じゃ、久々の再会だし、飲みに行こうか」

浜端が意気揚々と言って、ずんずんと歩き出す。俺はその背中を追いかけて苦笑交じりに返した。

「この時間から？」

腕時計に目を落とす。今は午後四時過ぎ。しかも平日ともなれば、なかなかこの時間から飲みに行く人は少ないだろう。

「まーまー。堅いこと言うなよ。何年ぶりの再会だと思ってるんだよ。こういう時くらいいいじゃん。それに今日はオフなんだろ？」

「相変わらず飲みに行くとなると楽しそうだな」

屈託なく笑う浜端を見て、自然とこちらも笑みがこぼれる。

浜端と肩を並べて歩き続けていたら、後方から男性の声が聞こえてきた。

「時雨。遅くまで付き合わせて悪かったな」

ふいに耳に届いた『時雨』という名前に、思わず後ろを振り返った。

二メートルくらい後ろに男女が並んで歩いている。

「私は平気です。打ち合わせ長引いてましたけど、内容聞いていて楽しかったですし」

女性がそう答えたのを一瞬見て、顔を元に戻す。

『時雨』と呼ばれていた相手は、二十代らしき女性だった。

俺は浜端の話を半分聞き流しつつ、後ろの女性を気にしていた。

というのも、帰国すると決まるや否や、祖父と父から見合いの話を聞かされ、その相手が『時雨グループホールディングス』の令嬢だと言っていたからだ。

時雨って名字は多くはなさそうだし、もしかしてと思念してしまう。いやでも、まさか……な。

その間も、俺たちと同じ方向へ同じ速度でついてくるふたりの会話が聞こえてくる。

「少女マンガアプリだもんな。時雨もやっぱ、そういうの好きなんだ」

「そうですね。マンガは現実にはそうそうない展開を楽しめておもしろいです」

「そうそうないって、学年一モテる男がなぜか物語の初めから冴えない主人公に惹かれてるとか？」

男の方が揶揄するように尋ねると、時雨さんはすぐに答えた。

「はい。そういう始まり方は恋愛マンガならではですね。でも仮に実際そうなったとしたら……私だったらときめくよりも怖くなります。裏がありそうで」

「ははは。警戒心が強いなあ。ま、そんだけしっかりしてたら親御さんも安心だろうけど」

「かわいげがなくてすみません」

随分と仲がいいんだな。ちょっとした会話の雰囲気で、上司と部下の良好な関係性が感じられる。

「成？　こっちだぞ」

ふいに浜端に肩を掴まれ、ハッとする。見合い相手なはずがないと思いながらも、知らず知らずのうちに彼女に意識を奪われていた。

「あ、ああ。ごめん」

その後すぐ、さっきまで後ろを歩いていた時雨さんと男性は、俺の後ろを横切って行ってしまった。

数日後。

本店での業務にも慣れ、仕事に勤しんでいたら祖父の秘書がやってきた。彼はずっと昔から祖父を支えてきた人で、俺もよく知る人物だ。

「成様。会長に命じられてお持ちいたしました」

「ありがとうございます」

封書を受け取ると、彼はすぐに戻っていった。おそらく、仕事の合間に立ち寄ってくれたのだろう。

俺はひとりきりになった部屋で「ふう」と息を吐き、デスクの上の封書に目をやる。中身は事前に聞かされているからわかっていた。今度のお見合い相手の釣書だ。

ふと、前に一度遭遇した〝彼女〟が脳裏をよぎった。途端に釣書の中身が気になってすぐさま取り出す。中を開くと、まったく別の女性の写真が載っていた。

「……だよな」

思わずぽつりと心の声を漏らしていた。

やはりこの間の彼女は別の人だったらしい。そんな偶然があるわけないもんな。それこそ、彼女が言っていたようにマンガじゃあるまいし……。

俺は心のどこかで落胆しつつ、それ以上釣書の内容は見ずにデスクの上に放った。


また別の日。

出先から本店へ戻る際に、ちょうど昼休憩の時間だったため、近くのレンタルオフィスで休むことにした。

適当に弁当を買って、ビルが視界に入ったあたりで浜端から借りているキーをポケットから取り出す。瞬間、近くで女性の歓喜する声が聞こえてきた。

「わあっ！　もちマロだ〜！　かわいい！」

その声は聞き覚えがある。というか、ずっと反芻していたせいで忘れられなかった声だ。

俺はピタッと立ち止まり、声の出どころを探した。そして、すぐに視線は彼女——時雨さんを捕らえる。

「すごい！　グッズもこんなに～！」

彼女は興奮気味に声をあげるほど、なにかに夢中になっているようだった。

彼女の視線の先を見れば、ネコのキャラクターグッズが並んでいる。

横には〝もちマロ〟と書かれている大きなパネルもある。どうやら写真撮影できるらしい。こういうイベントを開催するということは、もちマロというキャラクターは人気なんだろう。彼女の反応から察するに相当好きらしい。グッズを眺める横顔は今にも蕩けそうな笑顔だ。

眉尻を下げ、頬を緩ませる彼女が素直にかわいくて、俺はつい目を奪われた。

「え。なに、時雨ってそういうの好きなの？」

うっかり時雨さんにだけ気がいっていて、近くにこの間の男性がいたのにも気付かなかった。

俺は慌てて視線を逸らす。

「あっ……。す、すみません！　仕事中でした」

「いや、いいけどよ。そんなに好きなら一緒に写真撮ってやろうか？」

一度目線を外したのだからそのまま通り過ぎればいいものを、俺は懲りずにちらりとふたりの様子を窺っていた。

上司らしき男性の気遣いに、時雨さんは一瞬戸惑った様子を見せていた。

「あ、でも勤務中なので……」

「別にいいって、これくらい。スマホは？」

男性が手を出した直後、彼女はふっと表情を変えた。

さっきまでとは違う凛とした雰囲気で、美しいお辞儀をして見せる。

「すみませんでした。取引先も近いし、誰かに見られて迷惑かけたら大変ですし。プライベートで来ますから、私は大丈夫です。ありがとうございます」

顔を戻した彼女は、ニコッと笑っていた。

一瞬で気持ちを切り替えた彼女の横顔がとても綺麗で、それもまた印象強く心に残った。

俺よりも先にふたりが移動し始める。遠ざかっていく彼女の背中を視界に入れながら、立ち尽くしていた。

彼女の姿が完全に見えなくなっても、俺の頭の中は彼女のことでいっぱいだった。

今しがた見ていた一連の出来事を思い返し、口元が緩む。通行人に不審に思われないよう、軽く俯いて口に手を添えて歩き出した。

あの時雨さんって子……融通がきかないなあ。上司が『いい』って言ってるんだから、一枚くらい写真を撮ってもらったってよかっただろうに。

笑いを噛み殺し、最後に見た彼女の顔を頭に浮かべる。

融通はきかないのかもしれないが、その分、真面目で責任感がある。無邪気に笑っていたかと思えば、急にあんな大人の表情を見せられて驚かされた。

ビルの前に着き、なにげなく空を仰ぎ見た。

青く澄んだ広い空は、純粋そうな彼女になんだか似ていた。

空のカンヴァスに思い描くのは、心を開いた彼女のかわいい笑顔。好きなものを前にした満面の笑み。無条件で愛情を注ぐような、柔らかな瞳。

あの表情を俺の前でも見せてくれたら……。自分だけのものにできたら、どんなに満たされるだろうか。

誰かに言えば笑われるかもしれない。けれど、俺はもうこの時にはすっかり彼女に惹かれていた。

嘘みたいな、本当の話——。

それ以降、レンタルオフィスのビルへ足を運ぶ際には、いつも彼女を探していた。

しかし一度も会えないまま、時間だけが過ぎていく。

もどかしい気持ちを抱えつつも、解決法がなかった。

経営戦略企画部のデスクに着き無意識にため息をこぼしていたら、パソコンの画面に新着メールを知らせる表示が出た。メールアプリをクリックすると、送信者は父だった。

空白の件名のメールを開き、淡々と文面を読み流す。内容を端的に言うならば、数日後に迫るお見合いの相手が急遽変わったという連絡だった。

なんだそれ、と思いつつも、興味もないから怒りもなにも湧いてこなかった。

正直どうでもよかった。誰が相手でも、今、俺の心にいるのは彼女だけだったから。

あの時見かけた彼女ばかり頭に浮かんで、忘れられない。

なにげなく添付されていたデータをマウスで選択し、カチッとクリックをする。

パッと画面に出た簡易的な釣書を見て固まった。

俺はバッと画面に顔を近付け、小さな写真を凝視する。瞬きも忘れて写真を瞳に映しては、心臓が大きく脈打つ感覚に襲われる。同時に、歓喜のあまり身震いした。

目の前の画面には、ずっと探し続けていた彼女の姿。そして、【時雨　梓】と名前が綴られていた。

俺はすぐさま父に返答をする。

【こちらは問題ないので、そのまま話を進めてほしい】と。


そうして迎えた、天気のいい祝日。

俺は早々にホテルへやってきて、見合いの席に着いていた。

日本屈指の『和』が売りである老舗ホテルのデザインには目もくれず、この後対面できるであろう彼女を待っていた。

これまで多くの場面を経験してきたが、今日ほど緊張することはなかったかもしれない。静かに呼吸を整え、おもむろに目を伏せる。

なにから伝えようか。たまたま見かけて、それから気になっていたことを正直に伝えてみようか。……いや。そういえば、初めて見かけた時に言っていた。

ひと目惚れの類は裏がありそうで警戒してしまう、というようなことを。

その時、襖が開いた。時雨社長に続いて、彼女が姿を見せる。

淡い色をした上品な柄の着物を着た彼女が正面に座った。少し緊張気味な様子の彼女を見て、鼓動がさらに早くなるのを感じる。薄っすら頬を赤く染めて長い睫毛を伏せる彼女を前にして、次々と欲求が溢れ出てきた。

つぶらな瞳に俺を映し出してほしい。彼女に触れて、恥じらう表情をみたい。俺の前であの愛くるしい笑顔を咲かせてほしい。

それらを叶える権利を持つ、彼女の特別な存在になりたい。

俺は気持ちが昂る中、必死に平静を装い彼女に向かって言った。

「初めまして。ただいまご紹介に預かりました鷹藤成と申します。本日はよろしくお願いします」

俺としては〝初めまして〟ではないけれど、彼女に怖がられるとわかっていてその事実は伝えられない。

慎重に、確実に。俺はこのチャンスを逃さない。

俺の本心など知る由もない彼女は、伯父に紹介された後、ぎこちなく頭を下げた。

「し、時雨梓と申します。どうぞよろしく……お願いいたします」

この時点で、彼女はまだまともにこちらを見てはくれなかった。

――でも。俺は絶対に、彼女に振り向いてもらう。

そして、以前見た彼女の心からの笑顔を向けてもらえる関係を築きたい。

そのためなら、多少強引にだってなる。

『俺も必死なんだ。決められた時間で、君には俺のこと好きになってもらわなきゃならないからね』

だから覚悟していて。

君をひとつずつ知っていっていっそう好きになった今、俺は全力で君を捕まえるから、君の心からの笑顔を俺に向けて。

その瞬間、幸せに酔いしれ、たまらず君をこの手で抱きしめるだろう。

そうしたら、どうか君からも俺を抱きしめ返してほしい。

わがままだと咎められるかもしれない。けれど、それさえもきっと俺はうれしく思って君に許しを乞い、懲りずにまた腕の中に閉じ込める。

俺が恋い焦がれる彼女に振り向いてもらえるのは、もう少し後の話――。

おわり

あとがき

最後までお付き合いくださいまして、ありがとうございます。

さて、今作はヒロイン・梓にひと目惚れをしたヒーロー・成が、偶然梓がお見合い代役となったと知って、序盤からフルスロットルで彼女を口説き落とそうと試みるお話でした。恋のパワーってすごいな……と、作者の私が脱帽しております（笑）。

ひと目惚れって、なかなか体験できないもののような気がしておりますが、皆様はいかがでしょう。

ひと目見て好きになるのだから、やっぱり容姿だけで判断……？　それとも声？　仕草？　表情？　考えてみると、容姿以外にもきっかけってありそうですね。

そして、気になる相手に振り向いてもらえたなら、きっと天にも昇る気持ちになるのだろうなと想像します。純なロマンスはいくつになっても憧れますね。

これからもそういう純粋で温かな作品を描いていけたら……と思っております。

読んでくださる方が、自分のことみたいに感情が動いてしまうような物語をお届けしたいです。頑張ります。


今回も出版するにあたり、多くのお力添えをいただきました。

梓のはつらつとした可愛さ、成の優しくカッコいいイメージをそのまま絵にしてくださった、琴ふづき様。また、編集担当様やカバーデザインを手がけてくださった方々、家族や友人と……本当にいつも多くの方たちに支えていただいております。

ありがとうございます。


最後に、この本を手に取ってくださった方。

サイトで応援してくださった方、お手紙やSNSなどで感想をくださった方。

すべての読者様に心からの感謝とともに、御礼を申し上げます。

宇《う》佐《さ》木《ぎ》

宇佐木先生への
ファンレターのあて先

〒104-0031
東京都中央区京橋 1-3-1
八重洲口大栄ビル7F
スターツ出版株式会社　書籍編集部　気付

宇佐木先生

本書へのご意見をお聞かせください

お買い上げいただき、ありがとうございます。
今後の編集の参考にさせていただきますので、
アンケートにお答えいただければ幸いです。

下記 URL または QR コードから
アンケートページへお入りください。
https://www.berrys-cafe.jp/static/etc/bb

身代わり政略結婚
～次期頭取は激しい独占欲を滲ませる～

2021年7月10日　初版第1刷発行

著　者　宇佐木
©Usagi 2021

発 行 人　菊地修一

デザイン　hive & co.,ltd.

校　正　株式会社 文字工房燦光

編集協力　鈴木希

発 行 所　スターツ出版株式会社
〒104-0031
東京都中央区京橋1-3-1　八重洲口大栄ビル7F
TEL　出版マーケティンググループ　03-6202-0386
(ご注文等に関するお問い合わせ)
URL　https://starts-pub.jp/

印 刷 所　大日本印刷株式会社

Printed in Japan

乱丁・落丁などの不良品はお取替えいたします。
上記出版マーケティンググループまでお問い合わせください。
定価はカバーに記載されています。

ISBN 978-4-8137-1117-9　C0193

ベリーズ文庫 2021年7月発売

『捨てられママのはずが、御曹司の溺愛包囲で娶られました』　美希《みき》みなみ・著

カタブツ秘書の紗耶香は3才の息子を育てるシングルマザー。ある日、息子の父親である若き社長、祥吾と再会する。自らの想いは伏せ、体だけの関係を続けていた彼に捨てられた事実から戸惑う紗耶香。一目見て自分の息子と悟った祥吾に結婚を迫られ、空白の期間を埋めるような激愛に溺れていき…!?

ISBN 978-4-8137-1114-8／定価715円（本体650円＋税10%）

『天敵御曹司と今日から子作りはじめます～愛され妊活婚～』　佐倉伊織《さくらいおり》・著

OLの真優は、恋人との修羅場を会社の御曹司・理人に助けられる。その後、元彼の豹変がトラウマで恋愛に踏み込めず、自分には幸せな結婚・妊娠は難しいのかと悩む真優。せめて出産だけでも…と密かに考えていると理人から「俺ではお前の子の父親にはなれないか?」といきなり子作り相手に志願され…!?

ISBN 978-4-8137-1115-5／定価737円（本体670円＋税10%）

『秘密の出産でしたが、御曹司の溺甘パパぶりが止まりません』　pinori《ぴのり》・著

御曹司・国峰の秘書に抜擢されたウブ女子・千紗。ひょんなことから付き合うことに。甘く愛され幸せな日々を送っていたが、ある日妊娠発覚！　彼に報告しようとするも、彼に許婚がいて海外赴任が決まっていると知り、身を引こうと決心。一人で産み育てるけれど、すべてを知った国峰に子供ごと愛されて…。

ISBN 978-4-8137-1116-2／定価715円（本体650円＋税10%）

『身代わり政略結婚～次期頭取は激しい独占欲を滲ませる～』　宇佐木《うさぎ》・著

箱入り娘の梓は、従姉妹の身代わりで無理やりお見合いをさせられる。相手は大手金融会社の御曹司で次期頭取の成。さっさと破談にしてその場を切り抜けようとするが、成は「俺はお前と結婚する」と宣言し強引に縁談を進める。いざ結婚生活が始まると成はこれでもかというほど溺愛猛攻を仕掛けてきて…!?

ISBN 978-4-8137-1117-9／定価715円（本体650円＋税10%）

『エリート外科医は最愛妻に独占欲を刻みつける』　砂原雑音《すなはらのいず》・著

仕事も恋もうまくいかず落ち込んでいたOLの雅は、ひょんなことからエリート医師の大哉と一夜を共にしてしまう。たった一度の過ちだとなかったことにしようとする雅だが、大哉は多忙な中、なぜか頻繁に連絡をくれ雅の気持ちに寄り添ってくれようとする。そんなある日、雅に妊娠の兆候が表れ…!?

ISBN 978-4-8137-1118-6／定価715円（本体650円＋税10%）